para onde atrai o azul

para onde atrai o azul

jessica cardin

E tendes regras, e tratados, e filósofos, e sábios...
Eu tenho a minha Loucura!
Levanto-a, como um facho, a arder na noite escura,
E sinto espuma, e sangue, e cânticos nos lábios...

José Régio. Cântico Negro

Minha primeira aula de piano.

Tem que tocar nessa ordem, sempre: dedo médio, que é o dedo três. Dedo quatro, que é o anelar. Dedo cinco, mindinho. Dedo um: o polegar passa debaixo dos outros, do mindinho. Dedo dois, que é o dedo que se põe em riste para ameaçar. Dedo médio, dedo pênis, o dedo três. Dedo quatro, o dedo da aliança que você me mandou devolver. Dedo cinco, o dedo criança. Nessa ordem, sempre.

A cabeça dói, incomoda, meu cérebro nunca agiu dessa maneira, não sabia que tinha duas mãos, é difícil, eu tenho um tendão que eu não conhecia, meu dedo anelar não tem força sozinho, a posição das mãos em relação ao piano é como se amassasse / um pão / as teclas. Braço e antebraço fazem um ângulo reto, o professor diz que isso é matemática, pura lógica e que eu estou indo muito bem, bem rápido, que eu sou inteligente, aí me atrapalho, não é para ser boa, eu só quero ser duas mãos amigas, é a nona de Beethoven, como pode se ensinar a nona de Beethoven na primeira aula? Eu estou tocando Beethoven? Por que é tão difícil fazer algo que se quer tanto?

O dedo indecente provoca o ré duas vezes, o dedo quarto vem em seguida, o dedinho criança também duas vezes e fazemos o retorno até o dedo um. Dói tocar piano e eu continuo

porque um dia eu quero alcançar o dó menor sustenido
triste
minha vó era
ela diz
todo amor é uma onda.

Como se formam as ondas?

As ondas se formam a partir do sopro do vento em contato com a superfície do mar. Nossa onda se formou a partir do sopro intuitivo, que trazíamos conosco, da existência de um amor, afinal, de onde nos viria esse sentimento, se ele não se apoiasse em nada? É lógico que não há efeito sem causa.

Algumas ondas surgem de tremores ocorridos nas profundezas do oceano ou até mesmo de eventos externos. Algumas ondas surgem de tremores ocorridos nas profundezas, meu bem.

primeira parte

mãe

1.

Eu quero morrer.

Não consigo lembrar nem um dia lúcido em que não tenha desejado – por vezes com um ímpeto destrutivo e desesperado; em outras, o sussurro sereno pairando –, o convite das horas mais silenciosas, uma vontade inalterável de extinguir-me, mergulhar no mar onde as almas / as águas / são calmas.

Havia um tempo em que não falávamos sobre isso, mãe, era proibido. Eu me destroçava pelos cantos ocultando um estado verdadeiro, a vida é insuportável e é de uma crueldade imensa me empenhar cada dia meramente para não magoar as pessoas que talvez me queiram bem. Especialmente você.

Estou condenada à vida / umas correntes pesadas de cobre / assim como fui condenada a esta família / essa existência de abutres me devorando desde as entranhas. Você conhece os escritos: tudo é vão e um esforço para alcançar o vento.

Nem toda vida é indesejável; muitas pessoas acordam e vivem e deitam-se, do primeiro até o último sono, acreditando que essa persistência é agradável e o melhor que poderia ter acontecido.

A vida em si não é má. Decorre do amor que você recebe, de qual resistência seu coração foi dotado, que espessura de pele.

Sempre me faltou vida. Ao meu redor, da forma como enxergo, houve apenas coisas geladas mortas ásperas. E eu nunca quis nenhuma delas. É que a vida, para mim, foi sempre sangrar um pouco e continuar meu caminho, sem saber o motivo. Eu não sei me machucar e continuar sorrindo como você, mãe.

Eu não sei.

É preciso aceitar que algumas pessoas têm um tipo de enfermidade inevitável no espírito / uma maldição / nada no mundo as curará. Você chora cada vez que digo isso porque ainda não conheceu a medida. Quando eu nasci, você devia ter sentido a dor que me viria. Talvez, assim, você aceitasse a despedida, parasse de tentar me salvar, como estão todas as pessoas equivocadas, no mundo inteiro, tentando salvar umas às outras, o tempo inteiro.

O equívoco é universal.

Estou me tornando especialista no assunto preferido, estatísticas e tipos e métodos, já sei de tudo sobre essa intenção. Vou numa palestra no próximo sábado, mãe, posso simular uma curiosidade distante; médicos estudam doenças que não têm.

A palestra já começou quando chego. No ponto central do teatro, o professor sob a incandescência dum candeeiro / o esclarecimento / eu o vejo de imediato: as sobrancelhas quase imperceptíveis de tão claras, nossos pés na mesma direção / de encontro / seu corpo à revelia do que o palco pede; voltado

inteiramente

a mim

(como se me esperasse)

as pernas cruzadas, sapatos pretos insinuando passos, calça jeans duma grossura, paletó de veludo cotelê como usam os franceses – eu imagino que os franceses usem casacos como aquele –, toda sua roupa numa textura rígida de fortaleza, os castelos dos franceses, mãe, muros de fortificações devem ter essa mesma aparência. Ele é imponente em sua cadeira / o trono / um totem grave. Ao abrir a porta, a luz atrás de mim me anuncia e o professor repete a mesma frase como se, perdido, procurasse dentro de si a memória. Não há mais lugares disponíveis na plateia, então me sento à esquerda, num banco fora, um banco que não faz parte, a periferia da sala, um anexo da aula. Foi naquele local mais afastado, ao lado da coluna que me esconde de dois terços do público, foi naquele ponto árduo que ele se deteve.

A segunda metade do ano começa no primeiro dia do sétimo mês. O sábado em que o faço meu enquanto entro naquela sala. Eu o faço professor particular. Ele se permite uma ou outra olhadela à direita ou ao centro, uma olhada breve e comprida em culpa que se supõe abandono / a chama aflita / não quer me deixar. Como se os olhos fossem abrigo e eu não pudesse ficar sozinha.

Ele fala, mãe, umas cento e trinta palavras por minuto, cinco autores por raciocínio, uma velocidade, uma clareza, que coisa impressionante, capaz de acender uma lareira em um quarto em Moscou mesmo ao falar sobre essa intenção de partida. É cheio de entusiasmo, me reconheço em sua intensidade, nas conexões improváveis entre este e aquele assunto, a Humanidade, a Bondade, a História, a Redenção, cada frase na minha mira, as pessoas todas a me procurarem, que é que ele encontrou à esquerda da coluna, além de onde se sentam todos neste teatro, eu viro parte duma cena. Quem é que lhe captou olhos e fala?

Ele é míope, mãe, aperta os olhos acesos para me ver melhor como se eu fosse um objeto através da névoa. A névoa seca ao meu redor, que eu não consigo dissipar. Cruza e descruza as pernas / tranças / as coxas. Faço contas de suas medidas, imagino qual será sua altura no futuro quando eu estiver em seu colo

(eu estarei)

sua cabeça recostada no meu pescoço, cílios vasculhando a pele, ele encara e eu fico conhecendo todos seus pensamentos

(não exagero)

e o ruído de seu discurso vai se tornando mais um objeto do palco.

Suspensa na rede de seu interesse, tento me concentrar no tema. A vida de todos nós é de um absurdo – a vida de Sísifo, condenado pelos deuses a rolar a pedra até o cume de uma montanha, de onde ela cai e cai de novo, pela eternidade.

Talvez todas as pessoas na plateia sejam míopes de

tanta idade. Sou a única jovem e vou metida numas roupas arrumadamente desconfortáveis e escuras e sérias, como se fosse a mente mais rígida dentre todas as fileiras. A vida é em vão e um esforço para alcançar o vento, mãe, por isso é preciso imaginar Sísifo feliz, de outra forma ele desistiria, o professor conclui. Eu tenho vontade de falar com o professor; ao final da aula, convidar para um café. De qualquer forma, não tive coragem. Enquanto as pessoas tiravam dúvidas sobre o que havia sido falado, eu calava as minhas e ia embora bem rápido.

Por que é tão difícil fazer algo que se quer tanto?

A semana desdobra-se numa espera pelo próximo sábado, a palestra faz parte de um curso, um único pensamento me faz companhia: aquele Heitor. Reviro cada frase da lembrança para entender, eu quero saber todas as coisas que ele diz, ler todos os livros que ele já leu. Mergulho numa expectativa boba. Todos os dias eu tiro o casaco ao sair do trabalho / me abrigando no gelado da noite / a anestesia.

Quando as pessoas do meu sábado são todas idosas ou, raramente, universitários, eu sobro como um feijão errado e fico sempre muito quieta, conferindo aquele olhar que colocou bem em mim um alvo fixo. Um homem senta ao meu lado, é o Luís, pede meu número, simpático. Não é tão velho, acho que seremos amigos, eu bem queria fazer amigos. O Heitor narra a Razão Universal configurando a História num movimento teleológico, em busca da emancipação (acho que a Razão Universal é o deus na filosofia, mãe), esse mistério de palavras difíceis parece importante, vou ter de pesquisar. Uma hora à sua escuta me ensina mais do que toda a infância; duas horas, mais do que um casamento. A amplitude de suas reflexões como os lençóis das galáxias, mãe, não há nada que escape a seu intelecto, ele é universo onde eu me deitaria para ouvir (e)ternamente suas ideias embebidas em virtudes e heroísmos.

Esse homem é de uma energia que me atinge quando encara, eu procuro uma posição na cadeira, eu sinto calor, então tiro o casaco, aí sinto frio e visto o casaco (e, então, o calor...), eu procuro uma bala na bolsa, sustento o olhar, queixo erguido; desisto, finjo-me distraída com o samovar que fica à direita do Heitor, vou imaginando os traços gerais da personalidade, qual seu tipo de humor. Deixo minha atenção ir para a voz que vibra e ecoa em todas as minhas partes recônditas como se a separasse do rosto / um rasgo / a entonação ondula feito ressaca do mar / aumenta o nível / a voz / me puxa de volta para a correnteza duns raciocínios. Um nobre persa tem muitas servas, as mais formosas mulheres da Pérsia, um harém, o nobre se percebe amando uma das escravas, ele quer matá-la, a mulher dá ao senhor todas as coisas, só não dá amor. É a contradição imanente à relação sadomasoquista, que recai também sobre quem domina e mais um tanto de coisas, mãe, o Heitor é o homem mais inteligente do mundo. O tom exato de sua voz já familiar vai beirando à rouquidão, o vestígio arenoso da extensão do tempo das cordas / do relógio / vocais.

Já que nunca terei o que conversar com ele, um café agora me parece um engano. A plateia faz perguntas. Eu saio.

Terceira aula.

Eu chego sempre atrasada, e o Heitor está sempre me procurando / o reencontro / mas eu não sou a única nessa plateia, mãe

(é como eu fosse a única)

o Luís guardou um lugar para mim numa fileira

(agora eu sou parte da sala)

ele se inclina e me conta ao ouvido que o Heitor está saindo com a Clarice Euler, ela está bem ali na penumbra onde o candeeiro não ilumina. Vejo / um traço fraco de seu rosto / uma assombração. O Heitor acompanha cada sutil mudança em minha postura, a direção do meu olhar. Mais uma vez a curiosidade da sala me procura e, dessa vez, encontra. É muito desconfortável, Clarice não é o tipo de pessoa que atrai a atenção de uma sala inteira, eu esgueio e a vista esbarra nessa mulher com lágrimas descendo pelos cantos, lágrimas descendo e descendo. Às seis da tarde me levanto, bolsa em mãos, uma resolução. Se eu fosse Clarice, também choraria.

O vento cortante da noite pressiona minha pele como uma lâmina fria.

Navalhas criam acidentes geográficos.

Elas vêm em uma caixa bem pequena, um papel-manteiga embrulhando uma lâmina perfeita de linhas sensualmente retas. A estética das armas é, invariavelmente, a mais sedutora.

O prateado perfaz um traço elegante e fino; seis milímetros são suficientes para abrir pele e carne, eu gosto de sentir a gilete, ver o filete de sangue surgindo como magia / o magma doce e quente / umas gotículas de alma. As pálpebras baixam lentamente e a respiração se
e s t e n d e...

Depois da aula de literatura, vou ao banheiro da escola fazer a escansão do braço por meio das frágeis linhas que, quando fecham, formam casquinhas pontilhando de marrom / minúscula cordilheira retilínea / o magma quando coagula cicatriza, deixa suaves riscos brancos como estrias. A emoção diante da navalha guardada com delicadeza, o corte calmamente talhado por uma arma bela exige tanta vagarosidade, tanto cuidado. As linhas planejadas, a espessura perfeita, a dor estética. O belo e o bélico, o Heitor diria. Vou enfeitando minha miséria, laços e fitas e lantejoulas, vou aprendendo tantas formas de acomodação.

Algumas pessoas têm as veias azuis; outras, verdes. Eu tenho veias azuis; outras, verdes e queria muito entender como o mesmo sangue, a mesma veia pode ter duas cores diferentes debaixo da mesma pele. A Dani só tinha as veias verdes. Eu mostrei para ela como se fazer as linhas, como se esconder os cortes, como se beber do vinho, como se matar de pouco em pouco.

É claro que eu nunca mais fiz isso depois dos quinze – a vida fornece tantas outras formas de se ferir...

Algo deu muito errado quando ela foi treinar para ser policial, mãe. Falaram que havia homens e castigos, tento não pensar nas variedades, no corpo esguio, os pulsos finos.

O coração desmancha sob as correções.

A Daniela escolheu ir embora na virada do ano, tomou remédio e bebida. Os homens quando querem morrer metem uma bala na cabeça, é mais eficaz, acertam no método / as armas / brincam com elas desde a infância, homens morrem muito mais, as mulheres não sabem fazer nada, elas tentam muito, remédio e bebida quase nunca funcionam, eu já tentei.

Os bebês abortados foram despojados da vida; nós, privados da morte, abortos ao contrário; em vez de expulsos, a dentro forçados, quando a verdadeira liberdade deveria conter todas as escolhas. Se me permitissem a partida com dignidade, eu faria uma festa de despedida

(a vida é um exílio)

é preciso ir embora por esta enigmática porta.

Se a Dani tivesse me chamado, nós assistiríamos às estrelas explodirem no céu na primeira / sua última / hora do ano. Eu a levaria até a cama, os lençóis perfumados. O veneno seria doce e o adeus, calmo.

Às seis da tarde, eu atravessei o frio até meu carro, cortei avenidas / caminho da gilete pela carne / da cidade / as ruas coaguladas. Encontrei uma livraria que os tivesse, depois de procurar por dias: seus filhos / os livros / em estantes. Vou lendo as páginas e não encontro a palavra amor em nenhuma delas. Não encontro amor.

O Heitor é um acadêmico.

Reúno coragem e envio uma mensagem, me apresento e aviso que os livros estão esgotados por toda parte. Ao que ele prontamente responde "Eu sei quem você é. Você se senta, geralmente, naquele banco ao lado da fileira que fica em frente ao palco, certo? Na última vez, você se sentou na fileira da esquerda, creio eu."

Os livros são parte de sua alma posta em páginas, por isso durmo com eles na cama, sussurros de pensamentos mais elevados, ele me leva sempre ao alto.

"Leve-os no sábado pra eu te fazer as devidas dedicatórias."

É a quarta aula, mãe, um mês de minha obsessão

(agosto é um começo de fim)

eu entro na sala e ele aquieta na cadeira, esteve à minha espera, fala dos sonhos que acontecem durante o dia, de olhos abertos, sonhos diurnos que, opostos aos sonhos noturnos e aos devaneios, perpassam a vida num sentido de esperança, como possibilidade, retratos da intenção futura / a utopia / o que ainda-não-veio-a-ser

(ondas surgindo de tremores irrompidos nas profundezas)

Heitor, meu sonho diurno vindo à tona como um corpo de água imenso, uma grande onda a me cobrir. Quando ele história eu vibro, quando ele brilha eu aplauso, eu sento sempre à esquerda. Ao fim da aula... eu fico. Trouxe o livro para uma dedicatória como ele determinou, mas há uma fila / um mês inteiro naquela / a espera.

O Heitor finge interesse na conversa enquanto ouve uma das senhoras mais idosas, seu rosto me pede paciência, o Luís me faz companhia, mas se distrai em cumprimentos e Clarice se põe ao meu lado como denunciasse minha invasão. Ela evita encarar me sabendo coberta dum / véu / o deslumbre. Percorre as rendas da minha roupa como quem acusa

(ela é advogada, o Luís me disse)

e seu desagrado sentencia: estou linda.

Comento que hoje me emocionei muito, acho que o Heitor tem a inteligência correspondente ao coração, eu digo como se fizesse um convite para falar sobre lágrimas, ela aceita, há uma semana também havia sido tocada — não foi por ciúmes de mim, mãe! Eu não fiz Clarice chorar.

Ela é toda comentários especializados
(ela também é acadêmica)
e em mim uma grande disposição para ouvi-la, essa mulher equivalente ao Heitor, por mérito ou irradiação, o que será que têm em comum, eu lhe dou toda a atenção; mas, por não esperar e sem saber o que fazer com isso, ela se afasta.

Liberto de seus admiradores, Heitor me pega pelo ombro e me dá um beijo forte na face que causa aquilo que não previ (desequilíbrio, um passo para trás). Ele se senta. Entrego um livro que quero lhe emprestar, ele o coloca ao lado do samovar, assina o primogênito e eu me abaixo para ficar na mesma altura / em pé de igualdade / bebendo de suas mãos a assinatura, imaginando as frases que ele deitará para um rosto que agora tem também um nome, mãe, me pergunto sobre sua caligrafia, o relevo com que se formam as suas palavras desenhadas, se são autoritárias sobre o papel ou se são fracas...

O Luís me convida para / um bar / a comemoração, saiu um texto do Heitor no jornal, eu olho para a porta da sala prevendo Clarice; o Heitor confere minha indecisão e, num rápido cálculo de presenças somadas, acha que é capaz de dar conta das duas: insiste que eu vá.

Está na hora de acabar com essa / doença / paixão. Eu terei nojo de vê-los juntos eu terei nojo dos beijos eu detestarei o Heitor a ponto de tirá-lo do meu pensamento. Por isso, digo vou. Não há mais nenhuma senhora para se despedir, a Clarice nos encontra na porta.

Eles ficam tão grandes juntos, mãe, eu fico me sentindo criança, eles tão altos – como pais – indo à frente, eu atrás, pequena, intrusa e envergonhada. E o Heitor dizendo vem conosco, por me querer perto, e eu recusando, mãe; eu não podia entrar, vou no meu carro mesmo

(eu já tomava dela mais do que eu podia)

estacionei e o Luís gostando do meu carro, ele acha que o sedan é requintado, eu não sabia que ele era assim, do tipo de pessoa que elogia carros, a Clarice pisca para mim seus cílios sorridentes e quase despreocupados, o braço passando pelas costas do Heitor, a boca incluindo-se no elogio ao dizer:

– É, não posso falar nada... – porque o carro dela é grande que nem ela, mãe. Um carro realmente enorme e forte, improvável de ser destruído num acidente qualquer, que eu fui seguindo até chegarmos.

Nosso anfitrião faz do bar seu castelo e de nós, súditos. À mesa, conta de si, sobre viagens. O Heitor é um explorador e sua cabeça gira de alegria quando ele fala sobre o mundo / o cosmos / seu outro nome é Humboldt, ele parece ser curioso sobre muitas coisas de uma só vez... insaciável de conhecer e abraçar tudo o que o cerca. Conta sobre quando / morou / amou / a Rússia como se ela fosse uma mãe, sobre suas origens

– Não nasci num ambiente acadêmico ou artístico. Meu pai biológico era médico, meu pai de criação e minha mãe, por sua vez, tiveram uma origem muito humilde.

E ocasiões como quando, no sítio do pai, foi colocado para passar por um corredor de cães de guarda treinados para a defesa (o ataque), segurando uma arma. Pelos gestos, Heitor fazia parecer um peso de carregar, eu imaginei tão bem ele criança, a arma comprida sendo carregada por dois braços finos, os cachorros ladeando perigosos e o pai como ponto de chegada

(Isaque não precisa morrer desde que prove sua virilidade

– e ele prova)

assim se descobre que o amor é sempre uma via crucis.

Certa vez, o psiquiatra José Miguel de Sousa, o pai do Heitor, lhe deu um modelo de arma diferente, as mãos num desenhar imaginativo todo outro, menor, penso que fosse um revólver comum

(como se revólveres pudessem ser comuns)

e disse

– Se alguém bater na janela, atire

para o menino

dormir com a aquela coisa no quarto era pior do que monstros / ameaças / a arma no móvel ao lado da cama a arma encarando a arma convida

e seduz

o pequeno Heitor?

Em vez desta, minha pergunta foi ao casal, quantos anos eles têm? 35. São dez a mais e me tornam menina. Que posso ser para o Heitor além de uma aluna? Ele estende a página do Estadão com seu texto, o garçom é convidado a tirar fotos de todos nós, eu e Clarice na mesma imagem, uma de cada lado da mesa.

– Na zdorovie! – brindamos nós, suas duas mulheres a sorrir e ele continua. – Um dia quero morar em Florença e, lá, escrever um livro.

Mas nossas pessoas da mesa o interrompem com odes às metrópoles, alguém chegou a mencionar Tóquio ou Nova York, justapondo antípodas, a vulgaridade da nossa época manchando a pintura do Renascimento, prédios espelhados de escritórios financeiros feitos de aço, concreto e vidro sujando a imagem de um tempo clássico e eu muito aborrecida, mãe – será que eles não entenderam nada? – tive de intervir através de minhas rendas, dizendo

– o artista

ele interrompe o gole para me garantir a atenção de todos os sentidos

– quando vê o belo

sobretudo a visão

– quer o belo

e volta ao copo muito satisfeito, o sorriso aparecendo devagar, a cerveja escorre pela língua, uma comemoração silenciosa.

O Heitor é um artista e eu sou Florença.

Levantei. O Heitor erguendo a vista, vou sabendo-me senhora desta noite, acabara o casal, os pais altos, busquei um cigarro na bolsa, mãe. Meu cigarro de cereja, de filtro rosa forte. Talvez se ele / me vir fumar / entender as cinzas – eu não sou Florença – quem sabe eu não tenha mais que sair correndo, eu seja capaz de sustentar sua presença.

Luís levantou para me acompanhar e a esposa dele também, e o Heitor começou a gritar que o tabaco nos apodreceria por dentro, perguntou se não queríamos filhos e eu fiz um não muito falso, mãe, eu quis ter um filho com ele, eu lhe disse com todos os meus jeitos e ele descobriu minha mentira, entre risadas, falando

– Eu duvido! Eu duvido! – enquanto eu era acompanhada à rua alucinada.

Há pessoas que deitam frases singelas como quem cobre uma rua inteira de folhas secas suaves serenas; e há os que, com vigor, como numa guerra, disparam suas ideias. Com a força de quem só pode matar ou morrer. Todas as palavras do Heitor são como mísseis, me atingem todas em certeiro, eu confesso para eles durante o primeiro cigarro. Puxei o segundo. A esposa do Luís acabou o seu, eles entraram. Tão logo fiquei sozinha, um rapaz veio me pedir / isqueiro / atenção. Francês, minha idade, um sotaque que era uma coisa, a barba escura. O Heitor tem duas mulheres, mas eu não quero dois homens, mãe. Eu volto logo para dentro, para aquela confusão / sede / copos alheios / dúvidas.

Me sento ao canto, onde Clarice estava antes, ela fica entre nós, converso com ela sem me livrar do incômodo com as unhas de Heitor por cortar, querendo cuidar das mãos / sentir os dedos / a espessura, o calor, todas as partes duras. Me debruçando sobre a mesma bebida, pois assim eu poderia sentir o gosto / o beijo / no copo para descobrir o sabor então eu bebo e bebo e bebo mas o frio desse inverno onde eu moro não me deixa inebriar senão das mãos que não posso tocar.

Heitor já evidencia o rubor líquido e o desejo; nós dois tomados pelo mesmo efeito num transbordar uníssono e vermelho.

Ele vem até mim; Clarice não é mais um obstáculo, me pergunta sobre meus gostos e hábitos, é a primeira vez que ele me ouve, me assiste sorrindo, quantas besteiras eu devo estar dizendo, ele está sorrindo e quase ultrapassa a distância natural que o ambiente impõe. Daqui a alguns dias ele vai entrar no trem transiberiano aumentando o espaço / um intervalo / duma maneira que eu já não saiba a sensação que ele causa, por isso, nos despedimos duas vezes / os abraços (se pudéssemos, nos grudávamos), o rosto é beijado de um jeito ávido e engraçado, a Clarice não acha, ela espera no carro, eu entro no meu e aceno. A separação é desgraça. Por que eu vim? Eu amo as madrugadas e o frio / a anestesia / respiração desenhada na noite / um vapor humano / os contornos brancos.

2.

"Percebi que você pôde me entender muito bem sobre o sentido de um artista querer morar em Florença – a noção do belo", ele me enviou mensagens enquanto eu dormia e, depois, quando eu respondi, ele disse mais "Você sabe que é uma moça muito bonita, uma moça que desperta e eriça. Ao mesmo tempo, você tem um olhar terno, você se derrama em minimalismos bem líricos, você me parece ter vontade de ternura também. Te achei muito bonita desde o princípio – agora você já sabe que tenho cada fração do teu ombro na memória", fiquei largada na cadeira, segurando, nas mãos, a surpresa "E olha que eu fiquei olhando bastante pra essa tua boquinha, eu te procurava dando um geral com a cabeça. E você muitas vezes se sentou naquele banco ao lado das fileiras, via de regra com esses ombros torneados de fora, com os braços de fora. Você me via olhando pra você, não via?" e você achando que era fantasia minha... Eu te dizia, mãe! A cada aula, eu te dizia "Mas uma coisa é importante que eu diga: é claro que, por ler meus textos e livros, por ter a tua experiência comigo, você formou uma ideia de quem eu seja. Mas você ficou surpresa no sábado. E pode se surpreender ainda mais. Isto é: a Presença é uma deusa poderosa. Quando você tocar a minha pele, de fato, quando lidar comigo, aí dá pra saber quem eu sou – e vice-versa, claro." eu perguntei qual teria sido minha surpresa.

"Sábado foi sábado. Aliás, me contaram coisas... E foi bonito entrever os teus soslaios, o teu cuidado (eu reparei muito em você, e acho que você sabe bem disso). Ah, e só pra ser bem sincero, porque essa é uma das minhas facetas de que eu mais gosto (tenho muitos defeitos, como todos nós, mas entre eles, felizmente, não está a insinceridade): eu não estou mais saindo com a mulher com quem eu estava e eu quero que você saiba que você tem a ver com isso." E porque eu respondia, ele se animava "Você tá no trabalho? A que horas você sai? Pode sair mais cedo? Vem me ver."

Eu pedi calma. "Nenhuma. Vem aqui pra casa. Vem me ver. Eu vou sair daqui às sete para ir para o aeroporto. Anota meu endereço."

É claro, mãe, eu não fui, eu não quis, eu não não não.

"Bom, antes de eu terminar esta mensagem, te deixo um convite: vão fazer um filme de um conto meu. Você quer acompanhar um dia de filmagens comigo? Se quiser, está pra lá de convidada. Agora preciso ir nessa, linda. Um beijo, entre carinhoso e impetuoso, Heitor Henrique Stevanin."

Voltando da filial da empresa na Argentina, peguei turbulência. Quando penso na morte, quero que seja tudo tranquilo e em lençóis frescos, um cessar de todo o ruído. No resto do tempo, tenho o mesmo medo que qualquer um: por instinto. Desde aquele evento, criei um pavor; não levantava do assento porque eu tinha a certeza opaca de que, ao levantar, eu perderia o equilíbrio, as pernas ficariam totalmente frouxas e esse meu erro derrubaria não somente meu corpo flácido, mas também o avião inteiro, de modo que, como um bêbado, eu cairia não apenas no assento, mas desde o céu, de encontro aos / me tornando os / escombros. Eu passaria horas sentada na posição desconfortavelmente segura, por quantas horas minha permanência fosse a estabilidade do voo, sem grandes oscilações de alturas, firme como são as pessoas confiáveis, constante.

Contei para o Heitor esse meu medo de aviões, aliás, não só de aviões, essa ânsia de controle de tudo. Algo que ele disse entender muito bem, porque também é assim. Disse que minha menção ao Humboldt o fez escancarar um sorriso. Isso vale para os aviões – e para os encontros fortuitos: não tem que medir temperatura da água, não. Que eu soubesse que ele estava sendo sempre muito sincero comigo – e eu poderia ver não pelas suas palavras, mas por suas atitudes. Sempre francas. Que estava muito feliz com a viagem. E porque eu surgi.

Heitor vai mandando mensagens, falando das filmagens, me convidando para restaurantes e bares, enfim, uma agenda pronta para quando ele voltar. Vai mandando as mensagens ao longo da viagem conforme encontra computadores, em cada aeroporto, em cada hotel. A começar pela conexão em Dubai, um inusitado quiosque no meio do saguão. Em Beijing não pôde me escrever por conta das restrições nas comunicações pelo governo. Embarcou no trem transiberiano e foi me dedicando diários e descrições. Passando pela Mongólia, mergulhou no lago Baikal a -10°C / a Sibéria / um outro tipo de oceano, diz que lembra meus cabelos, o Baikal correndo pelas costas. Na Rússia, foi mordido por um cachorro, teve que tomar vacina contra a raiva, indo de uma cidade de nome impronunciável a outra

Irkutsk a Krasnoyarsk

e eu continuo acordando cedo, trabalhando muito em meu emprego administrativo, respondendo pouco, indo embora tarde, você sabe, mãe, pouco sei do mundo, o Heitor me enche de mensagens, minha palavra fica pela metade, eu não sei o que responder.

Ele me acha fria quando eu não respondo. O Heitor me diz indiferente quando eu não vou / encontrá-lo / ao reencontro. Eu desmarco o jantar, ele insiste, me liga no meio da noite, insiste. Por que é tão difícil fazer algo que se quer tanto? Se eu recuo não é para ser encalçada, é porque preciso retomar o fôlego. O mês acaba, eu não tenho coragem.

O Heitor me põe num medo que eu só tenho de aviões prenunciando quedas

destroços

e ruínas.

Chego com um casaco que me faz duas vezes maior, tecido grosso e ombreiras, ¾ de comprimento, pano me fazendo casca, as fortalezas dos franceses. O sábado de nossa rotina. Ele volta da Rússia de farda bolchevique para se fazer soldado do Exército Vermelho, os colegas se divertem, mas eu estremeço.

Heitor, o microfone, a farda, microfone e farda perto de mim, tão perto que nossos pés quase podiam roçar, eu imóvel, fique onde está. O professor particular, o centro da sala desocupado, eu à esquerda, ele vem na minha direção. Eu inverti a lógica da sala, existo fora da lógica do seu pensamento. Me foco nas linhas mais difíceis de sua fala, tento ignorar o moço ao meu lado, um som de coisa roída / um relógio sendo ajustado e sobrancelhas cada vez mais erguidas, se eu suspirar.

Ele defende que Auschwitz, para além de ser um lugar, se tornou uma data, quando a faculdade metafísica teria sido paralisada na impossibilidade de encontrar um sentido na existência, por mais exígua que pudesse ser antes, o evento de Auschwitz destruiu para o pensamento metafísico especulativo a base de sua unificabilidade com a experiência, ou seja, com a História — ele afirma que eventos como esse sejam entendidos como parte de um processo no qual a Razão Universal (isso, o deus) realizaria a cicatrização histórica do espírito. Bem, eu não sei repetir, mãe. São muitas ideias, muitos filósofos, ele prega como um religioso, o Heitor é um religioso, eu ouço as palavras, elas me atravessam. Ao final, ao redor do soldado, seus alunos se reúnem para saberem sobre a viagem e aventuras. Mais alto que os alunos, ele se volta para mim. Num impulso quase involuntário, vou embora.

3.

Além do curso da tarde, começamos outro, de manhã. Os sábados do Heitor. Ele fazia uns esquemas num papel sobre um cavalete, marcando uma encruzilhada e demonstrando o que seria um ponto de virada, o momento em que o promíscuo se torna santo, a beata se torna libertina e de um extremo se vai ao outro, realizando uma conversão. Enquanto ele traçava as linhas, eu invadia sua roupa, a camisa com os primeiros botões soltos, pelos fugitivos que lhe escapavam peito à mostra, eu me enfiava dentro da roupa para abraçá-lo, e quando ele se virava eu me mantinha / numa inflexão / o semblante / um sismo / a carne abrigando abalos imperceptíveis ao meu observador.

Na hora do intervalo, ele vem me devolver o livro que emprestei antes da viagem, usando uma expressão de pessoa que nunca vi, duma cordialidade neutra e formal, exterminando todas as experiências de contato entre nós. A mão que entregou o livro era sossegada e clara, não reconheci nenhum gesto e até o azul da sua chama parecia cinza / as cinzas / como se tivesse apagado tudo num mesmo impulso: meu rosto e o brilho de me ver refletida. Estava feio, me fazia desconhecida.

Fui para o lado de fora, queria o sol, mesmo que fraco. Tomava um chá tentando engolir alguma paz quando um dos alunos se aproximou.

– Você assiste às aulas de um modo mais frio, não é? – porque eu ficava muda. E, tremendo, eu disse não, pelo contrário, talvez eu fosse quem escutasse com maior emoção, que participasse mais ativamente porquanto todo meu coração era dedicado aos sábados. Voltei para minha cadeira, o chá mal aquecendo as mãos. O outro aluno viu em mim o mesmo de que o Heitor se queixa. Não é frieza; é paralisia, torpor.

Os ensinamentos chegam a mim como o desenvolvimento de uma sinfonia, a música vai envolvendo minha roupa / as notas presas na barra do vestido / tudo que ele diz entoava em mim como a Verdade; como mensagem espiritual, porque ele coincide exatamente com a ideia; uma materialização de anseios. A aula parecia toda sobre nós, como se mandasse recados

"Nesse mundo há apenas duas tragédias. Uma é não conseguir o que se quer"

fui ficando comovida, exausta, hoje era o dia em que jantaríamos de acordo com a agenda, ele tentaria me levar pra sua casa logo após o jantar, eu não quero

"e a outra é conseguir"

um amor que chega misturado, se olho para ele me desce um pavor, eu levanto devagar, me enrosco em conjecturas e questões

"a última é muito pior; a última é uma verdadeira tragédia."

ando com dificuldade, cada aforismo / um passo / mais pesado. Até que, finalmente, saio.

O vento afasta as lágrimas que nem sei se derramo, preciso sentir as horas me levando para longe do que foi essa manhã, algo em mim expandiu, adensamentos de substâncias correndo na artéria da minha cabeça, os ramos se abrindo / em flores / desabrochando como um infinito / os ramos se abrindo.As fachadas das lojas do circuito inferior; as mães passando com suas crianças crescidas demais para ainda nunca terem lido um livro; cachorros levados por coleiras como as que usamos todos; as calçadas rachadas pelo crime da prefeitura que fez pacto com o centro financeiro; o farol fecha rápido demais pra abrir para os carros que importam; faz com que o velho se apresse num medo; bicicletas sendo pedaladas para atropelamentos numa cidade que mata tudo, tudo envolto numa calda amniótica que substitui e expulsa o oco anterior.

Quando eu voltava para minha casa, ele me ligou arrependido, aceitou me encontrar num lugar mais tranquilo, amanhã, de dia. Pediu desculpas por ter agido como agiu, estava triste por ter me feito triste, não sabia o que fazer com a minha rejeição, foi o que ele disse.

– Confie em mim. Não tenho medo de me apaixonar. Quero que você saiba que eu penso bastante em você. Que você não precisa ter medo de mim em nenhum sentido. Se você tiver algum medo, saiba que eu, além de não ter medo, não vou te provocar medo.

Era véspera. A noite importante. Eu no bar com amigos, ele não quis mais esperar, mãe. Ligou, foi ficando ansioso, por que esperar, tentei negociar, meus amigos sem entender o que eu não conseguia assimilar.

– Eu voltei de viagem e você não veio nem me abraçar... Se você não vier hoje, esqueça.

Avisei que chegaria por volta das duas.

segunda parte

Fabíola

O inferno dos vivos não é algo que será; se existe, é aquele que já está aqui, o inferno no qual vivemos todos os dias, que formamos estando juntos. Existem duas maneiras de não sofrer. A primeira é fácil para a maioria das pessoas: aceitar o inferno e tornar-se parte deste até o ponto de deixar de percebê-lo. A segunda é arriscada e exige atenção e aprendizagem contínuas: procurar e reconhecer quem e o que, no meio do inferno, não é inferno, e preservá-lo, e abrir espaço.

ITALO CALVINO. *AS CIDADES INVISÍVEIS*

1.

Fabí, vou te dizer, então, outra coisa: há tanto mais nas versões públicas que reservamos aos íntimos; os desconhecidos e os seres mais amados serão sempre poupados, a questionabilidade / os fatos disputam minha convicção, dou a você a substância bruta sem aparas ou lapidação – o que eu não posso dizer à minha mãe.

A expectativa dura muito enquanto dura, mas é rápida de ser relatada; as vivências são rápidas de passar e longas de serem contadas porque o tempo da experiência é o tempo da vida; tempo tátil, que não se faz de minutos e semanas e semestres e sistemas. Os dois meses que passaram desde aquela primeira palestra sobre o suicídio foram feitos de recusas, extensos e estendidos, não há que dizer além do que foi dito; houve veneração impotência fuga, ele me compreende errado por procurar em seu repertório algo similar, eu não sou, eu nem sei... Mesmo se eu fosse, sabe...? Me dá um chá, não sei como faz, Fabíola, acho que eu rachei – igual o Goliádkin, igual a Trudi – desde a medula, quando a onda se quebrou. Chá de baunilha, por favor, baunilha e lavanda, está no frasco de rolha; ali, ali em cima. Preciso te contar sobre a Trudi.

Fui tão rápido quanto possível, as janelas abertas, a cidade apequenada pelo velocímetro, música e vento a despertar a carne quente do rosto, a vocalista rasga corta o espaço / me afeta com sua / voz / a adrenalina. Olho no retrovisor interno; pareço forte. Sorrio para me acalmar e vejo os dentes enfileirados e infantis. A pele um pouco enrijecida pelo frio, mais uniforme, mais bonita. Meu sorriso

e meu rosto

enganosamente inteiros, omitindo aquela primeira cárie.

Aquela primeira cárie.

Eu reclinada e tensa na cadeira que é sempre muito mais cama que cadeira, a cadeira vai esticando, se tornando cada vez mais cama; tive medo da broca e da dentista, chorei e fui embora, mas o primeiro molar não para de doer só porque a criança não tem coragem. Tive de voltar no dia seguinte. O pescoço duro de quem não quer mas vai, uma agulha na gengiva para injetar dormência, os bracinhos estátuas ao lado do corpo muito retos: pedra não sente dor. Ela raspando um tanto que parecia aqueles montes minerados pela estrada / eu percorri com a minha língua / a escavação trazendo um cheiro de queimado, tantas picadas anestesia para sustentar o efeito, tem dor que é sintoma, tem dor que é cura, o cheiro feio era eu, que vergonha, ela falou é assim mesmo, tão criança dente de leite eu já tinha algo de podre, a luva branca obtura com uma liga metálica, me dá um pirulito e se despede. Boa menina. Tem conserto pro dente, deve ter conserto pra tudo. Mais tarde me nasceram os permanentes, eu acho uma injustiça o domo inconsútil de todos eles; o sorriso de agora é branco sólido inteiro, quem me vê assim não sabe. O aspecto saudável, perfeita, sem buracos, o sorriso inteiro: ninguém capaz de descobrir aquela primeira dor.

Beirando às duas primeiras horas do meu dia, travei o carro, o som do alarme fazendo eco na rua / o ermo / a fumaça escandaliza minha respiração

(a voz do frio tem contornos)

na guarita do prédio fico ali tremendo diante do portão à sua espera. Eis que surge meu Humboldt, meu amor. Camiseta, bermuda e chinelos para torná-lo real. O oi tímido ainda nos lábios encontra / sua boca / a voracidade. Aturdida, não falo nada, não conseguindo mostrar para ele que, por mim, eu o comia, o digeria e o transformava na minha carne, mas eu estava cheia de uma timidez que não me era própria, seus braços me levantando do chão, me tirando o frio, ele tinha razão: a Presença é uma deusa poderosa.

O elevador / um portal / a ascensão. Décimo sexto andar, quando entramos, deparei com uma sala muito comum (tire os sapatos), casa de família, não de homem solteiro. O sofá onde conversaremos por uma hora e não lembrarei uma palavra, televisão, mesa de jantar e paredes dumas estantes de livros, acho que nunca vi tantos dentro de uma casa. Máscaras decorando paredes. Ele quer remover todas as minhas máscaras; são perguntas como iscas, beijos como anzóis, a saída da alma é pela boca, eu vejo a boca arregalada e escura de um monstro engolindo uma pessoa / os olhos maus / a voracidade. Ele diz que ama Goya, não conheço esse pintor.

Só me faz sentir medo.

Deitada sob seus beijos já além das blusas cueca calcinha eu disse não quero, Fabí, mas ele não entendia.

– Você está sem roupa deitada na minha cama

sim, mas eu não estou com vontade.

– Você foi molestada?

eu só negando, a respiração uns olhos estancados, as paredes parecem estranhas / lençóis estendidos ao vento. Uma mensagem chegando lentamente no fundo, uma pergunta certeira como um dardo vindo de longe, ninguém mais seria capaz de descobrir aquela primeira dor.

– Foi seu pai?

Meu corpo / nua encolhida estátua, paralítica em tudo, não! e seus olhos cada vez mais abismados.

– Seu irmão?

Eu me embrulhando com os braços como sentisse frio / a armadura / contra o peito.

– Meu Deus, Meu Deus! Vem aqui!

Me arrastei e depositei o corpo em seu colo de homem, ele começou aquela reza, o pai-nosso, e disse:

– Faz comigo.

Que estranho; não lembro as frases, qual o ritmo? Estais no céu... Santificado seja teu nome... Livrai-nos do mal. O amém é mais difícil pois é o altar da palavra onde se oferece a fé, meu amém foi bem pequeno, artificial; eu não acreditava nem no deus nem em estar na cama com o Heitor. A lua escorre pela janela encharcando a cama de uma substância fantasmagórica, ele passa a explicar a influência das coisas espirituais, arrancou meu segredo, eu não queria dizer, que cada coisa que vivo agora é consequência de minha vida passada... a minha família... tudo aquilo... eu mereci. Ele me colocando em seu colo seu peito seu cheiro um cheiro azul e algo marinho ele existe eu estou sentindo sua pele mas eu estou quebrada, como você consegue querer? Eu não quero.

– Você tem que superar isso.

Mas esse não era o motivo, Fabí, eu não quero e não sei dizer o porquê, eu girava o quadril para o lado, mas ele tem muito tamanho peso força e enquanto eu desvio, eu digo nunca vi ninguém implorar.

– Você acha estranho eu pedir?

Sim, eu acho.

– Você quer que eu te viole?! – ele horrível pergunta e depois me abandona no desconsolo do silêncio agora indesejado, luzes apagadas, o lar de um desconhecido, o que eu tô fazendo aqui?

Nesse não saber eu fui chegando perto como se buscasse / ele fosse / uma resposta. Ele me pôs de pé me enquadrou atriz na parede, a lua resvalando nossa nudez, ele quer me trocar de pose, mas antes se afasta / a comemoração / braços abertos, músculos rígidos, batidas no peito, grita gorila albino. Ele é louco, eu pensei, eu devia ir embora. A mão confiante enterrada nos meus cabelos, o movimento – quando eu lembro (agora) é bom. Me põe no piso bicho rasteiro, a boca pequena não pode conter o que é grande, a garganta fechando numa contração, a repetição.

– Me engole; pode vomitar em mim!

Eu não vou vomitar.

A mão segura o pescoço e me força, a adaga fincada na garganta.

– Chupa, bem puta, isso. Eu quero você bem putinha.

as mãos me segurando enquanto ele força dentro, as

mãos me segurando, estou fraca de qualquer maneira, está doendo, está doendo.

— Só mais um pouquinho, só mais um pouquinho.

Meu corpo inerme, o borrão de seus dentes o motor de sua respiração obscura o vidro de meus olhos embotados — tudo se torna vago: já não estou ali.

Amanhecia quando contei que era meu aniversário. Seus olhos tornando-se dum azul candente, vivos mais uma vez, a alegria pueril que eu veria tantas vezes, alarve e ostensivamente. Água e fogo em convívio, espirais, círculos, brilho. Ele disse, Fabí, que estava muito feliz por eu passar com ele essa data, que iria me levar para jantar, me dar presentes. Depois, o banho / a chuva na cordilheira / um naturalista descobrindo os trajetos do corpo, Humboldt singrando meu mundo.

Nos acomodamos de qualquer jeito na cama estreita, a toalha presa em meus cabelos lavados, tudo estranhamente muito nosso. Os corpos ganham

familiaridade

à força.

A cama de solteiro não comportava um homem grande e uma mulher pequena lado a lado, eu deitei ali em cima dele mesmo, como se eu não pudesse ser metade da cama. Se alguém entrasse naquele quarto encontraria um acúmulo de nudez e cansaço.

Antes de dormir ele me olhou como quem encontrou um escravo obediente, os olhos voltando ao tom de céu nublado, A partir de agora eu quero te ver sempre, eu fiz com a cabeça que havia entendido, talvez tivesse até mesmo concordado.

Acordei com seu braço muito grande e branco / pedra pesando / sobre mim. Enquanto eu escapava, ele acordou. Fui me lavar diante do espelho, bochechas arranhadas, a pele descamando, pequenas linhas vermelhas nos ombros, os vinte e seis anos me chegando num só golpe, um tanto de hematomas nas pernas, não sei como aconteceram ao certo, acho que a canela apoiada na madeira / beirada / na cama / os solavancos.

Ele só sabia falar de me levar a um restaurante rústico, uma cidade aqui perto e eu trêmula, precisando de café da manhã, ele me pôs uma manga caudalosa na boca, eu mordi a polpa, foi necessário lembrá-lo que teria família e amigos me esperando em casa e coisas assim, muito convincentes, o elevador, um beijo através da janela do carro, Heitor sorria como me amasse, eu acenando adeus, até breve ou o que quer que eu quisesse dizer em minha certamente despedida. Eu cheguei na casa dos meus pais para o almoço de aniversário, minha mãe me olhando os arranhões, assustada, eu tô bem, apaixonada.

Passei o resto do dia enjoada e dolorida, meu aniversário roxo e vômito, por que você não veio me ver nesse dia, Fabíola?

2.

Segunda-feira, os objetos do escritório, gavetas, as coisas mais cotidianas de um modo inédito, cadeiras, os colegas, tudo me parecendo diverso, as únicas linhas familiares eram aquelas em meus ombros, avermelhadas e salientes, meus olhos perplexos que duravam e duravam, Fabí, olhos sorridentes são efêmeros, os tristes também são breves, mas olhos perplexos se sustentam. Ninguém notou que eu era outra.

Heitor ligou e falei das cores novas na minha pele, os rastros da primeira noite, demarcações com seu nome, ele respondeu que as nódoas fossem múltiplas – e chegassem até minha veia "Pois lá onde está teu coração, ali reside o teu tesouro" e, num estranho complemento com o qual eu viria a concordar todas as vezes, decretou "Você vai fazer tudo por mim. E eu por você. E agora você já sabe que, se quiser ser minha pra sempre, tem que me entregar o teu sangue e a tua alma" e também falou assim "Não vai ter mais dor. A não ser por bater com mais força. Por amor. Chega de cicatrizes, meu bem. Eu tô te oferecendo uma coisa bonita e de luz. Chega de ferida, vamos nos curar completamente, vamos ser melhores. É pra isso que a gente veio pra cá. Confia em mim."

Não entendi bem o significado daquela declaração, mas aceitei encontrá-lo pela segunda vez.

As aulas de terça à noite são em um museu, um antigo casarão com jardim onde o encontrei, as rosas às costas, uma ventania sacudindo tudo / o coração / ele achava bonito o tanto que eu ficava desacertada perto dele. Fomos ao bistrô, Fabí, finalmente, onde ele descobriu o vinho branco e outras formas de me agradar. Pedi o que o maître indicou, Heitor me assistia com um sorriso entusiasmado, como que pedindo que eu girasse a taça, sentisse o aroma e aprovasse a garrafa. Depois, os presentes numa caixinha quadrada / um relicário / o filme Hanami e um livro de contos. A mensagem, na primeira folha do livro, dizia "Que, ao longo da leitura, você irradie teu sorriso de menina-moça tão singelo quanto doce."

Eu aprendia a inteligir a caligrafia do mesmo modo que me familiarizava com as citações bibliográficas o vocabulário as referências tudo num código novo como uma ciência. Me disse que estava solteiro desde que voltou da Rússia, onde estudou Dostoiévski e namorou uma russa, me falava coisas em vários idiomas e eu tentava adivinhar cada uma.

A única coisa que conheço em francês:

– *l'appel du vide*

– L'appel du vide – ele me corrigia a pronúncia

– L'appel.

– *l'appel* – eu tentava repetir

– Du.

– *du*

– Vide.

– *vide*

Boa menina.

Ele me incentivava a comer, mas eu não conseguia, Fabí, entorpecida pela trindade Heitor, vinho e o medo, calada pelo encantamento, a tocar suas ideias em sua cabeça e sobrancelhas, fazer os contornos dos pelos claros, ouvir por horas, por horas.

Eu olhava para seu sapato e só via o pó da Rússia, o coração cheio da russa, a mordida do cachorro russo... Tudo impregnado de Rússia.

Mas, a partir daquela, eu passei a dormir com ele todas as noites, a gravar minha aura também pela casa / a sala mais sagrada. Me colocava sentada em seu colo, lia o próximo texto para o jornal pronto na tela (pensei que ele escrevia molhando o bico de pena) me contando sobre a *guer* onde dormira; a tenda dos nômades, o teto baixo, um só cômodo, envolta por lã branca, e eu fiquei pensando que aquelas cabanas, à distância, seriam da aparência dumas ovelhas espalhadas pela estepe, eu assisto, através dos vidros de seus óculos inéditos, a vastidão da Mongólia, nas lentes vejo o filme / o fluxo vertiginoso de estepes vestidas de taiga / o verde vivo que parece eterno até que a neve siberiana se torne um cobertor grosso / umas peles de urso branco. O Heitor tem um peito coberto de pelos loiros de urso.

A máquina de costura antiga faz-se altar para as fotos dos pais (os dois) e da avó em porta-retratos e os vasos mortuários com os cadáveres / as cinzas / tudo a reverenciar, uma foto maior como uma pintura: a mãe. Uma sala de família – a sala da família –, não de homem solteiro. Foi desta vez que eu conheci o colchão fino e rasgado, era o colchão da avó.

Deitou seu colchão no chão ao lado do colchão da

avó, uma cama estendida para nosso amor obscuro, onde eu sempre acabo dizendo:

– está doendo, para!

– E assim?

(irrecusável, suado, exigente)

– tá doendo, Heitor!

(inchado, selvagem, potente)

– Só mais um pouquinho. Por mim, linda.

O cachecol combinando com a sapatilha, o Heitor me beija e remove mais uma vez o batom que acabei de passar, eu passo pela terceira vez, enquanto finjo não perceber que ele me olha aborrecido, é por estarmos demorando? Não, estamos tão adiantados! O Luís apaga as luzes e a aula começa, gosto muito de assistir ao professor, nos intervalos ele me beija o tempo todo, sonhos diurnos concretizam utopias, como a do poema que o Heitor declama e analisa

"ilha onde tudo se esclarece
não há estradas senão as de chegada"

as únicas estradas importantes são as de chegada, Fabí

"apesar dos encantos a ilha é deserta"

as palavras estão projetadas na parede da sala, Heitor contra a luz se torna / silhueta / gigante na projeção / a sombra dura. Imagens sobrepostas sem barras oblíquas.

"e as pegadas miúdas vistas ao longo das praias
se voltam sem exceção para o mar"

Por que alguém desejaria partir da ilha utópica?

Foi naquela mesma semana, depois do meu aniversário / a noite irreal / eu fazia 26 enquanto ele fazia forte. Ríamos muito do pedido formal, eu consegui encontrar o eco da meninice que só desponta quando ele descreve viagens, algo de infância em seus olhos, ajoelhando a cabeça no meu colo.

– Quer namorar comigo?

Meus braços agarrados a ele como a mente gruda numa ideia, eu ri dizendo que sim. Eu não voltava pra casa há dias, você podia conhecer minha família, ele faria qualquer coisa por mim agora, Fabíola, prometendo que nunca mais viajará sem / ficará longe de / mim. Passou em concurso público para ser professor numa universidade em outro estado, seria chamado daqui a alguns meses.

– Você vem comigo?

É claro que sim; eu faria qualquer coisa por ele agora.

Amanhã iríamos para o litoral conhecer uns amigos escritores dele, eu estava cansada e pedi para ele dirigir. Lívia, sua irmã, estava em casa. É impressionante o quanto se parece com a mãe no retrato, os mesmos cabelos loiros e finos, exceto por ser alta como o Heitor e bem mais velha do que a Nalva do quadro. Lívia Stevanin Kniazewski, jogadora de vôlei, ah, você não acompanha esporte... Minha mãe já a conhecia da tevê, da superliga, a bicampeã Lívia Knia. Ela me ensinou a fazer o risoto que o Heitor gosta de comer, tiras de mignon e vinho tinto, nós duas, sozinhas na cozinha, nos divertindo, mas se o Heitor chega perto, Fabí... acontece com ela também o que acontece comigo, nós falamos mais baixo do que nossa personalidade dita e, no almoço, quando ele começa seu tipo de guerra / disparando suas ideias (seus mísseis), trocamos olhares breves e contidos sorrisos: mesmo discordando, não discutimos.

Eu realmente gosto dela.

Uma das coisas que me faz amar Heitor é que ele acorda sempre sorrindo, falante e até, às vezes, vai cantando, já nu, para o chuveiro, confiante de seu corpo, em gestos largos se lava orgulhosamente ocupando o box inteiro, canta as músicas que sabe que eu gosto, esfrega o cabelo que eu amo a cor textura cheiro.

Antes de sairmos, a irmã tomava banho, ele abriu a porta, enfiou a cabeça pela abertura, avisou aonde iríamos e que estaríamos de volta à noite. Minha cabeça para o lado de fora, eu sabia Lívia atrás da porta como se fosse de vidro, como se visse com os olhos do meu namorado e achei aquele tempo dum olhar descabido alongado e muito errado.

Ele dirigia, eu sentia o vento morno, queria que Heitor corresse, mas ele tem medo, eu não entendo (porque sou sempre eu quem tem medo), também não entendi quando eu falei que queria fazer aula de piano.

– Não adianta tocar piano e não ter raciocínio abstrato.

No entanto, gostei de ir para o litoral e ver uns velhos espalhados em mesas / algodões pela esplanada / ao sol quente da certeza alegre de que daqui a dez anos estarão todos mortos, as rugas serenas de certeza, os estômagos satisfeitos de certeza / e peixe / pescados um a um, em breve, na rede derradeira. Ainda tenho tanto tempo, o Heitor fala tanto sobre o futuro, Fabí, e ele me posa na vidraça da varanda das noites sem fim.

– Vou te comer assim, vou fazer um filho em você, ele vai se chamar Andrei.

As mãos espalmadas no vidro, um desejo plantado em meu útero. Me faço mãe ali mesmo.

Na livraria de rua encontramos seus amigos, Fabí, eu sempre sou tão jovem, o Heitor é sempre tão jovem, seus amigos são todos de terceira idade, um casal que bem podia ser nossos pais nos / adotam / nossos planos.

O Heitor diz que estou querendo voltar a estudar, quem sabe quando formos para Brasília.

– Eu também fui estudar tarde, trabalhava que nem você, não tinha folga... Tranquei, voltei, tranquei... – Germano Q. me disse e a esposa do outro complementou – Nós já moramos lá, o William não tinha saído das fraldas quando mudamos – inclinando o rosto cheia de carinho para o filho, que devia ser da minha idade, como se ele ainda fosse de colo.

– Vocês vão gostar muito, da Universidade, do sossego da cidade...

O marido tinha a mesma barriga redonda do meu pai, o mesmo cabelo crespo começando a ficar grisalho pelas têmporas, ele tinha tanta certeza, eu acreditei.

Aí pelas três da tarde, deixamos o casal e seu filho, e fomos conhecer a casa de Germano Q., que me chamava de "sua noiva" ao falar com o Heitor.

O Heitor passou quase uma hora lendo um conto. Uma mulher era violentada na frente de seu marido que assistia excitado / confinado / em uma prisão do DOPS.

As palavras atravessando os dentes / as grades / cheias de nojo e prazer. Eu saí da sala fui ao banheiro lavei o rosto chequei a realidade me vem a tontura lavo o rosto eu pareço inteira.

De volta à sala, perguntei quanto tempo ele ainda leria. Eu fui insensível, ele disse quando voltávamos para casa.

– Você não se relaciona com a minha obra, você nunca comenta o que eu escrevo – ele chorou.

Não sei comentar, chorei também. Não sei nada disso – quem sabe a Clarice Euler, a Clarice é uma intelectual – mas essa parte não tive coragem de dizer.

– Minha mãe sempre comentava, mesmo sem saber, falava do coração, minha mãezinha.

– Não sou inteligente como você – eu dizia com a cabeça baixa.

(não tenho pensamento abstrato)

– Eu não quero uma boneca. Por mais simples que seja, eu respeito o que você tem a dizer.

Não consegui dormir. Pensei em retirar os objetos da minha presença diluída pela sala, pegar minha mala, ele certamente não me queria ali, Fabí, eu não conseguia acreditar nos fatos, tudo parecendo tão improvável, me falta fé, é necessário amar como quem se despede, foi incômodo passar uma noite fora das grades de seus braços me prendendo, barriga colada às costas, as coxas unidas. Fui até a sala, queria um cigarro agora, vejo Nalva no quadro, eternamente moça, um sorriso tão cheio de meiguice.

A medida do amor é a mãe.

3.

Eu perdi o apetite de uma vez. O anseio pelo Heitor se transformou em ânsia, um desconforto permanente no estômago. Perdi bem uns dois quilos naquele começo, o corpo de menina sumindo debaixo dele.

As mulheres e as crianças são parecidas.

Quando minha sobrinha nasceu, eu chorei.

Chorei porque veio mulher e porque chegou parecida comigo no tudo, no detalhe. Eu pegava no colo abraçando o bebê e pensava por que não é minha? A única prece de que sou capaz; seja forte, na sua casa eu não posso te proteger (minha mãe não protegeu). Mais um tempo e eu disse ao pai dela não enlouqueci antes, eu sobrevivi; mas dessa vez eu te mato e enlouqueço e falei pra ele nunca fazer como fez comigo. Meu irmão prometeu. Quando brinca no quarto, a Letícia manda a porta aberta, não deixa fechar. Ela veio com casca, veio forte, mais inteligente do que eu fui. Eu não era como as outras, ficava em casa, desenhando, as crianças desciam pelo escorregador de todos os jeitos, havia tantas formas de brincar! Eu não conhecia nenhuma, resolvi ir de joelhos.

A aterrissagem do rosto, o queixo sem freio, o corte na ponta / algo de pulsante e urgente / minha mãe correndo. O sangue era muito, nunca tinha visto tanto sangue a correr de mim. Não tínhamos plano de saúde, ela fez um curativo de ponto falso. Esparadrapos. Queixo sem pontos. Me faltou costurar na infância. O Heitor passando os dedos por meu rosto, eu sinto aquele ponto sensível, será que a dor nunca passa? Eu era pequena e burra. Eu deixei. E agora? A dor nunca passa, os dedos encontram / o corte / sabem

exatamente

onde machuca.

Minha primeira obsessão.

Desenhar é, primeiramente, repetição. Você apaga a parte que não ficou boa e volta a desenhar. Apagar e voltar a desenhar. Apagar e voltar a desenhar. Foi assim que eu aprendi. Na vida não dá para apagar e recomeçar, apagar e recomeçar, um erro só se faz acumular ao outro, os de antes aos de agora. Tinha um livro da Margaret Mee e suas bromélias em casa, eu roubava a lapiseira com o grafite mais delicado no estojo do meu pai, ficava acordada até tarde recriando cada linha, cada sulco, os copos de onde partem a roseta, os frequentes espinhos nas laterais das folhas. Se tivesse uma filha, batizaria minha bebê deitada sobre a folha magnífica / da canoa / a vitória-régia, minha mão em concha banhando sua cabecinha, filha das flores e íntima da natureza. Queria recriar as inflorescências, escapos vistosos, estolões longos, pétalas e estames em aquarelas e traços e beleza, é coisa de sentir-se um pouco deus, ser uma artista da ilustração botânica e dominar a ciência, por isso eu fui fazer faculdade de biologia, eu queria conhecer as espécies por dentro, quem sabe, se eu conhecesse o mundo, eu entendesse o meu. Gostava de ler as histórias do explorador Alexander von Humboldt em expedição pelas Américas. Eu treinava o traço enquanto ele me olhava / em casa / o irmão era lembrete / a desgraça. Era preciso sair dali. É por isso, Fabí, você não entendeu até agora, que abandonei a universidade, aquela casa e só fiz trabalhar.

Meus pais não vão gostar de vê-lo dirigir meu carro e farão perguntas difíceis, então eu peço para que ele estacione longe do restaurante. Deslizo os dedos pela camisa chinesa, a seda azul que cintila, os olhos num azul da seda, o brilho, deslizo os dedos lentamente pela camisa onde há debaixo o peito e o beijo. Umas palhas picam meu rosto, os galhos arfam. É outono em sua mata, todo pelo é descolorado, mas o cheiro é sempre azul. A calçada é vencida melhor de mãos dadas e, à mesa, nos tornamos três casais e uma criança pequena. Meu passado e meu futuro / dois leques abertos. O pai, o irmão e o namorado. A mãe, a cunhada e a sobrinha.

Ainda não atingi a beleza da minha mãe. Os cabelos dum preto adiamantado e um riso que parece vestir todos os caminhos com / rosas vermelhas / seu perfume. Me visto permanentemente de preto em sua homenagem, como se quisesse lhe ser / gêmea / inegavelmente filha / eu me faço de cílios grossos longos e uma linha moldura circunscrevendo olhos em imitação. Preciso me ver no espelho e encontrar minha mãe (todas as vezes) a cada tempo que passa eu encontro cada vez mais e por isso eu sei que nunca estarei realmente sozinha, Fabí, as mães nunca vão embora.

Minha mãe e minha cunhada olham para o Heitor do jeito que todas as mulheres olham, com sorrisos ridículos, minha sobrinha o ignora por ainda não ter idade. O Heitor é sério, não sabe brincar, então ela o ignora.

Ele conta sobre a China e eu fico ali comparando dois vermelhos em contraste / bandeiras estreladas / a luminosidade da minha mãe consegue ser ainda maior, seu calor nunca é azul. Ele não enxerga essa luz ou finge que não: minha mãe fala de livros e ele não pergunta os autores. Meu irmão pergunta sobre viagens e ele responde vagamente como se fossem plateia. Desumaniza. Está decidido a odiá-los. E me abraça de um jeito, bem colada a seu corpo / escudo / Heitor me faz de escudo entre ele e a família. Fracasso em ligar passado e futuro de minha vida e fico presa num laço / os braços / bem apertado.

Meu pai se senta tão distante de mim que mais parece querer estar em outra / mesa / família. Eu quase o matei quando saí de casa, não permiti que me visitassem, por muito tempo. Minha mãe pensou que ele iria embora num infarto desses que levam homens de barriga grande. Meu pai nunca chora, Fabí, ele me disse que chorar é coisa de gente fraca, que eu era fraca. Eu acreditei como só se acredita no pai.

Mesmo agora, que acho que perdoei, às vezes ele tem pesadelos e acorda chorando e num grito / uma agonia / invoca meu nome como que para me salvar. É minha mãe que me conta isso, ele nunca fala sobre o pesadelo, ele decidiu esquecer meu nome. Agora ele tem a Letícia.

Quando meu pai brinca com a minha sobrinha Letícia, eu quase posso perdoá-lo. Que ele se redima através desses abraços na menininha que já fui. Os mesmos cachos escuros, os olhos igualmente enormes como perguntas indissolúveis ao mesmo tempo vindo muito de dentro e pairando para além da superfície / as viseiras de um elmo / uma indagação permanente.

Eu a invejo, mas logo lembro que o amor que ela recebe também é meu. Porque o pai me amou primeiro e agora ama melhor. A neta é a repetição da filha.

Ela recebe o que é meu e o que é dela, recebe em dobro o que a criança precisa. Se é para ser assim eu aceito. Que o amor não se perca, mas vá duplamente.

Se for salva desde agora, talvez ela não se transforme definitivamente em mim. Possa ser feliz.

A Letícia tem o meu rosto como eu tive o rosto da minha mãe, mas meus trejeitos de rejeitar as regras, inquisições sobre os atos mais justos e um entendimento duma linguagem que partilhamos. A similitude maripôsica. Os olhos. Sempre / os olhos muito abertos / as asas.

Que minhas misérias transmutem em abundâncias e deitem ao largo de seus pratos, sejam banquetes e flores e beijos e acolhimentos. Que ela seja salva desde agora e para sempre.

A neta é a repetição da filha, sem repetir a esposa. Minha sobrinha é a porção de mim que não é feita de minha mãe.

Talvez a neta seja a repetição do avô.

Pretendíamos ir ao parque, estacionamos e paramos frente a uma arvoreta muito vibrante que crescia em meio a um gramado debaixo do sol pleno florescendo, Heitor me disse Olha, o que acha dessa cor?

— essa cor púrpura... uma cor alegre.

— Alegre, não. Feliz.

— eu acho que a felicidade é morna e silenciosa; a alegria é um escândalo

— A alegria vibra mais forte que a felicidade?

Achava que sim, mas aquela planta garrida, tanta personalidade, sua cor dizia mais do que muita gente, não me parecia passageira como as alegrias. Fui perdendo convicção.

— A felicidade é muito mais forte, é essa planta, essa cor... Cada galho, uma linha, o fim do galho é onde a linha perde a força.

— não... a ponta do ramo é a parte jovem, a parte fina, não é onde morre, é o que avança

— Será mesmo? Acho que ela está velha no galho, fraco, deve vir de baixo seu ímpeto.

— as pontas dos ramos não estão gastas e carecas, são delicadas por ainda serem novas, em breve ficarão fortes

— Talvez seja... Essa é a felicidade, o ímpeto de vida: essa flor é Nietzsche.

A buganvília na cor púrpura, a primavera, uma árvore crescendo, uma vontade de / poder / dizer sim à vida. Aquela buganvília / arbusto independente / sustentada em sua própria vitalidade. Nunca serei essa flor; a buganvília é o Heitor.

Eu me dei conta de nunca ter me atentado às primaveras, as flores trepando nos pergolados e muros das casas quando passávamos de carro, assistindo aos bairros que não conhecíamos, elas enchiam o coração da minha mãe de uma vontade que nunca foi realizada: quero uma casa com primavera vermelha no portão!, sua cor sempre foi o vermelho, Fabí. Mas a chama azul é de temperatura mais alta. Mais de uma hora havia certamente passado, o parque estava sendo fechado, nem chegamos a entrar, eu pedi uma água de coco a um vendedor ambulante, sentamos num banco, o Heitor estava emocionado.

– Nenhuma mulher chegou perto disso; você é diferente.

— e aquela?

Retornávamos. Apontei aos troncos tortuosos se estendendo rumo ao horizonte, cheios de escuridão, a casca grossa, com uma pequena flor exuberantemente frágil a surgir numa altura agradável à vista.

— Aquela é Schopenhauer!

Demorei no caule retorcido crescendo dos galhos / o broto branco da ousadia / uma pequena afirmação de vida, nas ranhuras me vi inscrita, minha existência é um ramo triste; o branco broto de Schopenhauer / insistente flor de Eclesiastes.

O feriado nos deu tempo já que eu só trabalho ele reclama quer que eu volte rápido o feriado nos deu tempo de passear em uma cidade vizinha. Ele me pegando para dançar enquanto andávamos pelas ruas, não precisamos de músicas porque estamos repletos de nós, eu o faço rir o quanto posso, as brincadeiras / surgem / as covinhas, as gêmeas que moram cada uma em uma face, são minha recompensa.

Depois do almoço, a sobremesa: nos escondemos no banheiro do restaurante. A sinalização da porta ignora o que somos: mulher,

homem
muito forte
eu pedia
não quebra o ritmo: eu gosto do bumbo duplo.

Preciso te falar sobre a Trudi.

O feriado nos deu tempo para visitar buganvília, passear em uma cidade vizinha e assistirmos ao filme que Heitor me deu de presente.

A Trudi, ela queria ser dançarina, igual a você, Fabí, mas de butô. São uns gestos que expressam a verdade da alma sem / máscaras / véus. Mas Trudi deixou sua arte, vestiu a máscara de esposa, o véu de mãe... Agora ela tem uns 60 anos, ficamos sabendo sobre essa segunda Trudi aos poucos. Tem uma cena... essa cena, Fabíola! Ela vê a si no corredor, a ela que se vê é diferente da que é vista por si, a que é vista é a ela anterior (a garota / eu / você / dançarina de butô); ela partiu em duas, de modo que uma (a mãe-esposa) é capaz de ver a outra, o espectro do que poderia ter sido.

Na manhã seguinte, ela morre. Seu viúvo, Rudi, viaja para o Japão e lá descobre a graciosidade / o butô / a esposa / que não conheceu plenamente. Na última cena, o viúvo, antes metódico e rígido, torna-se fluido, dança sua perda, sua dor e sua beleza. Em frente ao lago, monte Fuji atrás, Rudi dançando para Trudi, sua esposa morta, as mãos suaves em gestos delicados como a flor, a câmera se demora em sua mão direita enquanto uma mão menor vem subindo e a mão grande a recebe, as lágrimas chegam antes da compreensão (nossos rostos lavados pelas mesmas lágrimas), duas mãos dançando amores, Trudi e Rudi entrelaçam braços e assim entendemos: o marido também se foi. Heitor chora muito mais do que eu, a vida é efêmera / flor de cerejeira / Hanami. Ele sente saudades.

— Logo será a exumação da minha mãezinha.

Eu não conheço bem os rituais fúnebres, Fabí — sempre fui eu a querer partir — pouco vi gente indo embora, eu acho que não devia existir / caixão / separação, o cadáver devia deitar no solo, nos deixar misturar à terra, ao barro de que nos fizeram, expirando a matéria, sublimando a caveira num sopro melancólico e úmido, as minhocas como últimas amigas nesse último sono húmico / uma letargia / sou acostumada a estar deitada coberta de vermes revirando-se em carícias.

Voltava da feira trazendo um maço de flor, minha mãe. Quando me levava junto, o vendedor de flores me dava um pequeno. Nós, que somos silenciosas e discretas, sempre encontramos quem esteja disposto a nos fazer sorrir, por curiosidade. Eu ganhava flores e ele ganhava sorrisos, os dois satisfeitos, eu ainda sei. Meu buquê era bem diferente, porque eu escolhia sempre as flores cor de rosa e não queria colocar em vaso. Gostava de carregar pela casa, como um presente recém ganhado. Era bonito não pela exuberância, mas pela delicadeza.

Minha mãe gosta das coloridas, com hastes de mosquitinho ajudando a compor o arranjo, cortava as pontas dos caules na diagonal e mergulhava no vaso. Nas ocasiões em que havia rosas vermelhas com as flores do campo, eu colhia as pétalas que estavam prestes a cair e guardava dentro de livros. Passado algum tempo, dava para ver as veias da pele da flor.

Eu enchia o livro de ilustrações da Margaret Mee com pétalas de flores maiores, astromélias, e até mesmo folhas de desenho interessante, como as folhas da amoreira. Na hora de trocar um arranjo antigo pelo maço novo, minha mãe puxava as flores do vaso com uma mão enquanto escondia o nariz do cheiro com a outra, tinha cheiro de cemitério, ela reclamava.

Passando algum tempo, eu buscava o livro, passeava pelas páginas e encontrava, nas pétalas secas, esqueletos.

Durante a semana, o Heitor me busca no metrô depois do trabalho vamos comer pizza beber cerveja garoa corremos de mãos dadas de encontro à chuva bobos corremos para fugir e molhar de uma só vez, tontos e felizes. Eu até pude dirigir. Meu riso solto etílico, ele vai ficando irritado.

– Eu vou estacionar porque você é lenta.

– por que você tá com pressa?

– Você não sabe estacionar.

Ele se põe, então, a explicar que, se eu fico demorando, o ladrão levaria o carro, o homem usaria o meu corpo.

(era naquela vaga que eu estacionava desde a primeira madrugada)

o homem mataria o Heitor, se era isso que eu queria

(nunca havia sido tão perigosa)

eu pulo para o lado dele, que passa por baixo, estaciona num segundo. A baliza impecável.

4.

No elevador ele já era outro.

Entramos (tire os sapatos), a pizza é deixada sobre a mesa da sala, ele me dá a mão para segui-lo.

— É isso que eu quero: um amor intenso e tranquilo! — disse, deitando meu corpo exausto sobre seu corpo fantástico.

— Obrigado, meu Deus, obrigado!

Eu concordando silenciosa e ternamente, meu corpo lasso de sono e cervejas, nossos corpos empilhados na rede, eu delicadamente grata por aquele descanso, me deixando ninar pelas luzes da cidade abaixo, as luzes das nossas noites sempre sem fim.

— Me dá um presente, canta pra mim.

Eu pega no susto, um desafio abalando a quietude; o sacrifício é uma dádiva: tenho vergonha; tentei procurar uma letra bonita, algo de doce e sincero, uma flor mais corada — mas eu só conheço a canção da tristeza — e fui demorando, só pode haver fracasso num riso forçado, todos os meus versos seriam desbotados, o sentimento não estava pronto.

— Canta pra mim!

(a adaga fincada na garganta)

não tinha voz no meu peito / as cordas estáticas do piano, ele foi virando redemoinho, exasperado, e eu abrindo todas as cortinas dos olhos pra ver se entrava mais luz naquele colo, ele me pediu alma e sangue, Fabí. A garganta não aceita isca — só abre por vontade.

— Você não vai cantar?

e virou maremoto debaixo do meu corpo, vi meu desespero refletido naquelas águas, minhas mãos trêmulas incapazes de embrulhar presentes

(o amor só se faz em liberdade)

— não consigo, me desculpa

(tudo que é imposto se torna odioso)

o maremoto macio e minhas palavras inúteis, a exigência, as provas de amor, esse querer sempre mais, a insistência, Fabí, a íris perigosamente diferente / a menor sombra vai crescendo / apaga a luz, as luzes apagadas. Ele me pegou severo pelo braço, mar revolto a me cobrir, me pegou pela mão, desarvorado.

— Vamos, pra mim não dá.

Ele me pegou pela mão como quem pega uma sacola de lixo, tomando cuidado pra não pingar o chorume, tão longe da mão / a alça / quanto possível; eu fiquei criança de castigo, passageira no meu próprio carro. Ele me levando pra casa, as nuvens nos olhos / a tempestade ele inteiro nesta noite que é de naufrágio. Quando entrei no quarto, eu pensei que aquilo era para sempre, como tivesse um objeto em mãos, o objeto da rejeição — quadrado — permanente, pesado, dum branco sujo de embrulhar em jornal. Um objeto cheio de lados, mas eu conhecia cada um deles. A gente conhece a eternidade enquanto está vivo.

(a eternidade é um objeto redondo)

ou por acaso você sabe o que é morte?

A única coisa que se pode conhecer é a vida, a nossa e nenhuma outra.

Eu não sabia que no dia seguinte ele iria chegar ao mesmo portão, arrependido.

– Eu sou louco.

Minha tia é esquizofrênica, Fabí, não me espanta a loucura, quantas vezes eu mesma me torno absurda...

– Agora você sabe: eu sou louco.

Ele me contou sobre seu temperamento, sobre / as prostitutas / o vício no sexo, os anos de terapia.

Não podia amar nenhuma, pois já amava a mãe desde a infância; as mulheres eram copos vazios, corpos sem significância.

Deitou a cabeça em meu colo, eu o mimei beijando seus cabelos, eu queria tanto aquele rosto em minhas mãos, todas as suas partes luminosas, Fabí.

Ele disse que estava curado, eu acreditei, mesmo sabendo que a gente nunca se cura.

Linhas finas contornavam aqueles olhos, linhas que eu não vi surgirem, prometi em segredo que, a cada ruga, a cada marca, eu estaria lá para beijar cada uma, até que as linhas se multiplicassem e me cobrissem também, até que eu não soubesse mais como era a aparência sem essas marcas / a vida sem o Heitor

(eu acho que já não sei)

eu o admiro, me interesso por ele, tenho pena dele.

Colhido no meu abraço como fruto cálido ele disse:

– Você foi enviada! – e me fez sua redenção, admitindo que só sabe arrancar tudo da vida

(ele não podia arrancar tudo de mim)

como se viver não fosse suficiente; era preciso viver mais, viver mais, viver mais forte, desde dentro, abundantemente, com a violência duma palavra russa, numa guerra jorrar vida como quem incendeia / uma buganvília / crescendo em seu ímpeto vermelho / as chamas / os ramos / buscando mais sol, mais vida; a felicidade flamejante, jamais a delicada alegria; o homem que leva ao extremo, em sua vida, o que ninguém ousa levar até a metade sequer; mais vivo do que a vida permite

(os cascos)

cavalgando a terra mole / eu / não sou tão forte.

Em um dos fins de semana não teve aula, ele quis praia, eu escolhi a pousada onde já havia estado. Dessa vez eu não descansei porque o Heitor nunca dorme, ele me quer acordada para seu desejo. Eu também quero. Mas a dor traz o arrependimento, a cama, na noite, atrai estragos. Eu também quero. Mas, nesse querer, eu me desfaço.

5.

A anfitriã nos recebe com frases puxadas, a fala mastigada desde as Minas Gerais e sobrancelhas de quem viu partir grande amigo: os sogros recém-falecidos. Resolveu fazer da casa cama e café. Pede nossos nomes, Heitor e Heloise. Ela exibe a casa o nosso quarto as quinquilharias dos anos trinta do século passado; os retratos, eu me demoro, são tão velhos tão velhos tão velhos que eu posso estar no tempo errado. Ao lado do nosso, o dormitório do casal. Será que eles ainda estão lá abraçados agora mesmo igual / a nós / cadáveres? Salgada, meu corpo / o cheiro do mar / e as profundezas nas palmas, que a lua revolve, mãos de brincar no solo úmido do tempo, onde eu pisei umas horas atrás muito entretida com a lembrança dos gemidos, ele arrancou junto com o vestido, nossos cabelos misturados como areia comum e areia preta se confundindo. Fico amiga dos móveis, das fotos fantasmas de tão antigas, algo de bem assombrado me faz pensar a qualquer momento minha avó vai passar por aqui.

Eu nem lembrava que tive uma. A avó cafuza, cabelos brancos, pinta peluda, boca azeda com a curva do sorriso invertida. Os lábios da infância não deveriam ser todos sorrisos? Aqui não é como / era quente / na fazenda; as mangueiras carregadas da fruta e os banhos no mangue com os primos pintados / pelados / de lama que eu não conheço mais não lembro o nome eram todos filhos de quem? Aqui tem duas camas de madeira, as duas igualmente cobertas por colchas finas como lençóis, puídas, água salgada penetra no tecido percorrendo / toda trama / apodrece – escolho me deitar na que tem o cheiro de mofo de maresia e mijo, o cheiro de quando eu acordava criança depois do pesadelo. Agora eu acho que a avó era de bom coração porque a casa dela era feia feia tão horrorosamente aconchegante... Se um dia eu conseguir ser velha eu quero ter uma casa suja eu quero ter uma casa suja e correr maluca com meus netos, vizinhos e um tanto de gente que me ocupa.

Dorme a cidade e até as cadeiras parecem mais quietas; só assim é possível que se ouçam as ondas fazendo amor na praia quase tão turbulentas quanto eu. A força do movimento / as ondas / água batendo na pedra / seu corpo mar imenso de encontro / eu pequena ilha. Deitada, tenho medo de fazer xixi na cama. Medo de que o mar transborde e faça minha cama madrugar pela tempestade. Será que água vai entrar arrastando mobília feia pondo para fora o que não combina lavando de espuma cobrindo e entrando na casa arrastando tudo que nem o Heitor chegou em mim?

Aquele beijo foi chuva, começou desde o alto e me cobriu inteira, deixou encharcada. Depois, a manga que me deu de bom dia, a manga coquinho da minha infância, me deu / beijo / manga na boca, lambuzada caí naqueles braços tão fácil.

Eu acordo – se é que cheguei a dormir – me sentindo quase feliz como às vezes nos sentimos as pessoas tristes, lambo o sal da minha pele pra nunca esquecer o gosto / amainar a fome de quando ele não está. Ele disse que seria o rosto a acordar em cima do meu abraço, o mar negro dos olhos ávidos, ser sempre travesseiro, até ficarmos velhos e morarmos na praia, de frente à orla, os barcos à vista coloridos e suas cargas da Noruega / Dinamarca / através de nossas janelas mareadas até morrermos num quarto – amantes de Valdaro –, e ficarmos juntos e eternidade.

Ele tem essa coisa com o sol, lhe faz mais mal do que a mim, nós não suportamos calor, evitamos as brasas que caem sobre nossas cabeças / no dia mormacento / ficamos no quarto entretidos com nossas coisas favoritas e os ensinamentos eu gosto muito quando não é sermão eu deito em seu colo na rede, ele me conta os dez anos que viveu a mais que eu, a floresta envolve o chalé / a mata atlântica / eu me deito sobre a mata de seu peito onde é sempre molhado ele se faz sempre suado sob os movimentos / a língua / as bocas / eu sou sempre úmida sob os beijos, eu sou sempre nua.

Quando a luz diminui, nós vamos à areia, o pôr do sol é prateado, nunca vimos assim, ele estava feliz, Fabí. Juro para você: eu também estava feliz

(uma buganvília)

pensei quero permanecer na vida / do Heitor / e na vida.

– Qual é o nome desse sentimento?

Ele acha que é, eu acho que pode ser – de alguma maneira – mesmo que não seja eu preciso dizer, é o que ele quer.

(dessa vez eu vou cantar)

– eu amo você

– Repete.

Pausada e categoricamente, eu repeti. Palavra por palavra, eu repeti.

– eu amo você.

Sabia que ele tinha esse receio, de que eu fosse à maneira das pedras e que, depois daquele tempo inicial de rejeição, de tanto enterrar meus afetos, quando ele viesse receber meu abraço, eu já não fosse capaz de dar-lhe nada / dizer que eu o amo / mas eu não sou, Fabí, nada em mim tem dureza, é tão fácil atravessar a pele, atingir a carne.

O Heitor diz que, no começo de um relacionamento, o casal é como um casal tentando atravessar a rebentação. Que, passando esse estágio, alcançaríamos águas tranquilas.

A aluna.

Ele se dedicava em me preparar para o nosso para sempre. Segura o avião nos ares pra mim, Heitor. Disse que eu precisava aprender, ele iria me ensinar sobre a Humanidade, a Bondade, a História, a Redenção

(Nastácia Filíppovna deve ter boa educação)

e sobre o Dostoiévski, um russo inteligente, não mais que ele, Fabí, não mais que ele, me ensinou também. Se deus existe / Heitor / tudo é permitido.

Mas me proibiu os cigarros: cabe a ele a decisão do que vai me destruir.

– E o Luís, você teve alguma coisa com ele?

– não tive, ele pegou meu telefone, fomos tomar um café, só uma vez, e ele é casado

– Casado, casado... Se você teve, você me fala.

Não tive.

Pela manhã, chegávamos com as mãos dadas na aula – os grandes livros e os poetas –, eu em sapatilhas vermelhas, meus sapatos mais bonitos, ele disse. Luís nos recebe com amoras recolhidas, a mesa / à espera / um banquete / meus olhos contentes de amoras maduras e doces. Heitor comeu de minhas mãos apenas por meus pedidos persistentes. O sangue das amoras em seus dentes.

Nas férias, eu ia crescendo, visitava os parentes na fazenda, eu não brincava com as outras crianças, não era hábito; às vezes, eu andava sozinha pelo sítio imaginando um portal secreto logo após dois salgueiros-chorões, onde aprendi a andar de bicicleta.

Gostava mesmo era de andar de patins, a sensação de velocidade era outra, caía, machucava mais. Passando pelos chorões havia um muro, para mim havia uma fenda, bem ali, que revelaria um aonde completamente novo em que eu poderia me esconder. Havia uma amoreira carregada de pontos vermelhos (as azedas) e roxos (as doces). Minha alegria era tentar alcançá-las, puxando os galhos, trazendo as frutas para perto, dilacerando minha camiseta, manchando com o sangue mais afetivo.

O Luís tocou minha vida, de agora até muito antes, abraçando uma porção grande. Me sinto bem nessa manhã. Já sou mãe de tantos planos.

Heitor pede que o Luís leia História de uma mãe, Fabí, a história do livro do meu presente. O Luís tem essa voz tonitruante e cheia duma espessura / voz de fumante / traz o peso / um drama / é dum efeito interessante. A mãe do conto perde seu filho para a Morte numa noite fria. Na tentativa de recuperar a criança, é obstaculizada pela Noite, que lhe pede que cante; por um Arbusto, que pede calor e faz com que sangre; por um Lago, que exige os olhos, e por uma Bruxa, que lhe tira os cabelos. Nossas pessoas do curso comentam isso e aquilo, eu só vejo sentido no que Heitor diz, toda vez. Uma moça de óculos de tartaruga muito grandes pensa que a Mãe mimetiza Moisés, nem lembro qual argumento dá para defender essa ideia. Indo embora, enquanto ele dirige, eu ainda estou empolgada com o conteúdo de hoje.

– a mãe, para mim, é Jó: perde cada coisa, mas mantém fé no deus. mesmo quando lhe tira tudo, ele pensa que é direito do deus dar e tirar, tirar e dar

Eu acho que o Heitor pensa que meu silêncio cala minha inteligência, que a única coisa que se vê da mulher que está junto dele é a beleza. Ele gostou da minha interpretação, eu preciso ser mais completamente assim, eu sei, porque ríspido perguntou por que eu não falei isso na aula. No rosto, a decepção insinuada, mais uma de minhas falhas.

Fomos buscar o jornal lá naquela banca, a única que recebe o jornal do domingo no sábado, sempre às quatro da tarde, a banca na esquina de duas avenidas. Uma banca enorme. Quando eu te conheci, Fabí, minha mãe tinha uma banca.

Dez anos atrás, o Heitor já escrevia para jornal, eu era insônias e cigarros e bares, você era um lar a beleza o balé e a flauta: era como eu te enxergava.

Minha mãe tinha uma banca de jornal ao lado de uma lixeira, uma lixeira onde a padaria depositava o lixo, o chorume vinha riozinho passando perto da banca / aquele cheiro.

A banca de jornal é um container, uma grande caixa de metal, no inverno o frio é inacreditável; no verão minha mãe colocava um ventilador escondido atrás do balcão, mas a pior parte, que é a parte que me dá a saudade é o abrir e fechar. Abrir e fechar a banca com pinos e cadeados, a gente ajoelhava para pegar os pinos debaixo da banca, a mão abraçando a um só tempo o pó e o pino, minha mãe, uma rainha, minha rainha, a gente ajoelhava (eu às vezes, ela sempre) assim, no asfalto / o negrume / as margens de um rio que corria / o chorume.

Como abrir a banca.

Primeiro montar os expositores, depois fazer o encalhe do dia anterior, que significa pegar os jornais e revistas que sobram para devolver às editoras. Receber a distribuição do dia (juro que até hoje chegam em kombis) e arrumar em seus devidos lugares / as prateleiras. Depois, podemos ficar conversando ou lendo tudo aquilo. Podemos ficar juntas até enjoar uma da outra, as duas presas naquela caixa. Se você trabalha sozinha e nunca sabe a que momento poderá sair para ir ao banheiro, é muito provável que tenha infecções urinárias recorrentes, sei disso porque minha mãe tinha. Eu não, eu fazia passeios na feira, na locadora, ou seja, todos os pequenos comércios da vizinhança, mas o que eu queria mesmo era "ir para a cidade", como se aqui e o centro fossem coisa tão distante (eram mesmo). Queria ir para o centro te visitar, Fabí, mas eu morava muito longe. Além de toda a vizinhança, eu conheci todas as ruas cambaleantes. O dinheiro dos jornais me paga o vinho barato da adolescência, as navalhas assépticas, tudo que me faz suja enquanto você era pura, Fabí.

Eu aprendi os sambas antigos no livro de um banco do estado de Minas Gerais que não existe mais e agora tanto os bancos estatais quanto os sambas de raiz me parecem coisas lendárias, desaparecidas acho que desde antes mesmo da Copa de 98, antes dos minicraques, antes do Ricky Martin, antes das primeiras eleições presidenciais das quais posso lembrar. A escola nos pedia trabalhos sobre o governador substituto, enquanto o Mario Covas morria de câncer na bexiga (será que ele segurou muito o xixi, Fabí?) e, também sobre o José Serra – para mim ele ia ser o presidente do Brasil e acabar com a dengue, ele era maravilhoso nas notícias de jornal e nos trabalhos que eu escrevia. Aqueles anos foram uma mistura de Aedes aegypti, cavaleiros do zodíaco e a pornografia escondida no guarda-roupa do papai que meu irmão vinha me ensinar.

Antes da banca de jornal, eu aprendi todos os sambas antigos naquele livro e de tanto tentar entender decorei a letra de Saudosa Maloca; mais tarde, o Cartola / o som do fagote triste. Mas eu não entendia aquela letra do Adoniran.

Como pode ser saudosa uma maloca?

Meu joelho dobrado com o da minha mãe, joelhos felizes, porque dobrados com os da minha mãe.

Acho que agora eu entendo.

Toda vez que sai um de seus textos, o Heitor compra quatro Estadão e plastifica um. Toda vez que sai um texto, o Heitor quer comemorar. Então a gente viaja. Todo domingo sai o texto na internet e em todas as outras bancas. Todo sábado a gente compra quatro jornais naquela outra e viaja. Elogia minhas sapatilhas vermelhas de bico fino, diz que me fazem uma boneca.

Ele disse que não queria / eu vou me tornando / uma boneca.

6.

Éramos só nós dois (Heitor e Lívia) eu e o irmão. O irmão brincando com os cavaleiros de armaduras, os hominhos que ele segurava para que agissem sob o seu domínio, agarrava com as mãos o zodíaco inteiro

— me deixa brincar com os hominhos!

ele não deixava. Eu pensava que quando eu crescesse eu ia pegar a vida / me fazer voar / lutar e vencer! porque sou inabalável (minha armadura é de ouro).

Antes de crescer, eu percebi (crianças imitam o que veem) que isso nunca iria acontecer.

Eu pedia para ele contar as histórias

— Minha mãe me salvou do meu pai João Miguel, foi embora comigo nos braços para evitar um assassínio — eu não podia, ainda que respeitosamente, interromper para rir de seu português arcaico — ...Ele me batia, eu tinha um aninho... Ela virou... Meu pai atacou e tirou um pedaço da orelha dela...

Frases soltas, eu só conseguia entender frases soltas, é extremamente difícil associar um relato assim, por isso não conto como foi, como foi comigo, não trago detalhes / nas mãos / lembranças / tenho apenas retalhos...

— A dona Nalva, minha mãe, conheceu o Bernardo na vila de operários onde morava, o Bernardo Kniazewski — o pai de criação —, a Lívia, minha irmã, nasceu.

E eu memorizava assim: o pai bom e o pai médico.

Mas no fim, achava o Heitor muito mais parecido com o / psiquiatra João Miguel / o pai mau. Porque ele me dizia como criaria Andrei, nosso filho, e eu entendia como seria um marido, Fabí. Andrei levando uma arma na mão (o filho não pode ser mais fraco que o pai), como ser mais forte que o Heitor?

Se ele fosse parecido comigo ele não passaria no teste ele odiaria o pai ele seria devorado.

Um dia me atrasei para encontrá-lo
— os gráficos e os números
minha chefe pediu
— para amanhã, às nove e meia.

e outra vez, também, quando um equipamento não chegou no prazo e, quando chegou, deu canal vermelho, não íamos conseguir mostrá-lo na maior feira do ano, eu tinha que fazer o desembaraço aduaneiro, falar com a equipe da expedição e faturamento, pular processos, desatar burocracias. É normal no meu trabalho, Fabí, ficar até mais tarde, mas com o Heitor eu não posso mudar planos. Isso significa falhar. Todos os dias, ao longo do dia, ele me manda mensagens como fazia quando estava na China, na Rússia e sei lá mais onde, são tantos / textos longos / monólogos. Seus dias são livres, exceto pelos artigos que escreve para o jornal, prefácios e comentários, as três aulas da semana. Já eu, na prisão do escritório, não consigo responder. Horas antes, avisei que naquela noite não poderia ir ao jantar oferecido por um de seus amigos, um notável, ator, filho de alguém ainda mais afamado. Ele parou de falar comigo, não fomos namorados por dias, eu pedi desculpas, ele avisou

Isso não vai mais acontecer, está me ouvindo? Vou te dar mais uma chance.

Fabí, se eu errar, eu perco.

Meu tio se enforcou com o elástico de pular com que eu brincava. Meu tio tinha idade para ser meu avô e era um pouco avô porque minha mãe o via um pouco como a um pai. Bonito. Era ainda bem jovem naquela época, tão jovem quanto um avô pode ser.

Durante as noites ele corria pelo campo das flores de papel que eu cultivava dentro de mim, aquele monte de desenho purpurina e estrelinha que eu trazia quando visitávamos a tia Isabelle, eram meus sonhos e eles nunca fazem sentido, cuidavam de mim por todo o dia, a tia, o tio, cada um de um lado da família.

Eu nunca mais estive segura / dentro / de mim / quem vai me salvar?

Meu tio se enforcou com a gravata com que trabalhava. Era o irmão preferido da minha mãe. Deve ser bom ter um irmão de quem a gente gosta. Chegou do trabalho, jantou, foi se deitar ao lado da esposa e, no dia seguinte, uma ligação. Minha mãe correndo para o enterro, eu sem entender muita coisa, a família ficou num tal de falar sem parar, até a parte dos tios de olhos puxados que não se pareciam comigo, essa família que não se fala e de que a gente se lembra quando morre, o telefone ocupado, as teorias, será que foi o filho que deu a gravata, meu primo andava metido com droga, vai que foi ele quem enforcou, ninguém aceitando os fatos.

Mas meu tio não trabalhava usando gravata. Cidade pequena, como se faz geralmente, algum serviço com as mãos ou vendia produtos.

Meu tio se enforcou com o lençol por sobre o qual rolava com a tia Verinha, será que ele ainda rolava com a tia Verinha? Como será que é dormir ao lado de um homem enquanto ele se mata? Casados há mais de trinta anos, e não perceber a agonia, as convulsões violentas, o marido evacuando urinando na cama, a língua os olhos saltando pra fora.

Um dia, por curiosidade e não solidariedade, sabe, nunca fomos próximas, fui visitá-la, longe. A casinha pequena, a porta aberta, o lençol deslizando pela beirada da cama, roupas, algodão e vidrinhos de esmalte, é assim que ela dorme, então. Uma bíblia aberta cheia de orelhas dobradas, tudo isso espalhado pelo colchão, a pele cobrindo o bege encardido, os braços-meio-esticados as mãos-meio-caídas em direção ao chão.

Não tem nada mais simples que tomar essa decisão – qualquer coisa dura ou macia ou que sirva ao redor do pescoço e paciência para esperar.

Fabí, a verdade é que nunca me disseram, elástico gravata lençol, como foi que o tio se enforcou.

É proibido morrer.

— vou viajar com a Fabíola

— Você não pode ir sozinha.

— eu posso

— Os homens vão tentar de tudo com você. Como eu fico nisso?

O vinho posto nas taças, o amarelo pálido da substância, eu bebo as cores do Heitor / vinho / o aroma fresco e cítrico. Eu salivo.

Foi quando eu falei sobre você, Fabí, mas nunca lhe contei sobre minhas tentativas, o que houve entre o tempo do irmão e o tempo do Heitor, eu não cheguei a contar que você foi minha salvação, minha querida, que você sempre soube tudo que minha mãe não podia. Me perdoe. Não deu tempo, eu acho. Só havia espaço para / nós / ele — para mim não havia.

— Estamos namorando. Se você quiser agir assim, eu posso começar a fazer coisas. Eu posso fazer coisas que você não vai gostar...

Ele podia.

Fabí, nossas primeiras férias do trabalho, você era minha melhor companhia, o quarto abafado, aquele senhor do museu que nos hospedou.

Ele servia copo de água com gosto de geladeira suja, o copo engordurado, embaçado de tanto esfregar bucha velha. E as fotos todas dispostas pela parede. Mulheres mulheres mulheres, mostrando uma a uma. Algumas delas eram ex-namoradas, duas eram ex-esposas, as amigas ele garantiu que ainda eram.

Todas aquelas fotos, eu animada, feitas no processo antigo, não conhecíamos, ainda não entendo. Não dá tempo de revelar, de escolher luz, negativo e positivo de uma vez só. Se um dia eu presenteasse o Heitor com uma câmera, seria com uma polaroide: pra ele é tudo assim, tem que nascer pronto. Não entende os processos. Quer uma mulher na parede da sala, na pose que for melhor de seu agrado, uma mulher esposa eterna amor para sempre instantaneamente.

Fotos reveladas penduradas em varais nas paredes, todas do tempo anterior à decadência da Kodak, então ele não fotografava há vinte anos? Nós tínhamos vinte anos! O fotógrafo ia esticando os braços pelo sofá abrindo espaço chegando perto, você tentando parecer à vontade, sem sair do lugar, falando mais alto porque ele não entendia todas as palavras, é o direito. É o direito que não ouve bem.

À minha maneira, Fabí, foi assim que o fotógrafo me mostrou o que eu digeria junto do vinho, o amarelo escorrendo devagar pela taça, esse é dos mais fortes, Fabí, e eu não esqueço quando você disse:

– Posso levar essa foto?

Ele de braço esticado, o ouvido esforçando para ouvir, a água no copo engordurado, você com a foto na mão, um quase sorriso, o calor me molhando e o ventilador servindo de nada.

– Essa não...

– Você quer que eu devolva?

– É, acho que sim... – ele sorriu de tristeza e eu tive certeza de ver uma dentadura.

Quis ver a foto uma última vez, que de tão especial tinha ali? A esposa alemã, os homens gostam de mulheres naturais, eles dizem, as axilas naturais, cheias de pelos, os braços para cima, uma pose de balé, delicada. O cachorro ao lado feito / escultura / enfeite e guarda. Um doberman adulto. Aquela mulher. Diferente de você, que seria de balé, mas nunca de pelos. Diferente de mim, que... talvez me falte o cão ao lado, algo de selvagem e imponente sem constrangimento. Aquela era uma mulher toda vulnerável, seios à mostra, acho que estava nua, mas só lembro dos seios e das axilas e do cachorro. Uma mulher vulnerável e esplendorosa, do tipo que nenhum homem no mundo seria capaz de machucar.

– Essa não, acho que eu não tenho coragem.

As mãos tremendo e se pacificando, fiz as contas entre a Kodak, o primeiro casamento e confirmei na data impressa no verso da foto: quarenta anos e ele ainda não podia deixá-la.

Quanto tempo eu levaria para esquecer de Heitor, para abrir mão de suas fotos e nudez e promessas? O menino de armas nas mãos, o pai de Andrei em minha barriga? O que você acha disso, Fabí?

Quanto tempo eu levaria?

O vinho removido das taças, o amarelo pálido da substância, eu bebi as cores do Heitor / vinho / o aroma fresco e cítrico. A fala arrasta

– eu não vou

(eu era dele)

ele precisava que eu fosse completamente dele, à sua maneira.

Cada vez menos minha.

Eu passei a conhecer seus autores, discernir os conceitos, reconhecer as frases célebres. Nunca mais me atrasei, corria e sobressaltava conforme a instrução e para evitá-la; ele dizia que estava tudo completamente errado no meu mundo; as lições eram no sentido de mostrar tudo na minha vida fosse um inferno bem específico: meu emprego minha família meus amigos e eu tivesse que abrir espaço para o Heitor. Eu fui abrindo e ele foi ocupando tudo.

Jantávamos num restaurante árabe, o Heitor estava aborrecido de cursos e palestras, a universidade não o convocava para ocupar sua posição, uma amiga lhe disse que, se ele quisesse, havia um emprego em uma escola na China.

— Se daqui a seis meses não me chamarem, penso em aceitar. Você virá comigo?

Eu pensei que a China era muito longe. Eu pensei que a China era muito longe para o Heitor ficar de mim.

— sim, eu vou com você

Era preciso provar que eu ficaria, era preciso provarmos que ficaríamos, aceitar cada pedido. O Oriente pairando acima de nossas cabeças tudo num futuro lançado / a certeza / os dados bem lançados sobre nossa mesa.

O Heitor tem sobre mim mais influência que um país inteiro, tive receio

(onde eu estudaria / botânica / as ilustrações? em que eu trabalharia?)

de perder as minhas próprias palavras, me tornar uma repetidora

(aquelas doutrinas)

procedendo seus métodos de vida

— Você terá seu trabalho, poderá se dedicar aos seus desenhos enquanto eu escrevo. Nós faremos tudo, meu bem.

Olhei para o prato que o Heitor escolheu: as folhas de uva embrulhando charutos de carne. Qual será, como será cada versão de nós nessas diferentes vidas às quais ele me convida? Como serei a morar num lugar onde só haja ele

(agora mesmo é como só houvesse ele)

já estou tão distante de mim e tenho medo de nunca me reencontrar / a outra / Trudi / nem no corredor.

7.

Alguma parente de um tio, que mora longe e nem sinto ser tio, morreu. Ele tem olho puxado e eu não tenho, minha mãe falou que é tio porque casou com a minha tia e quando acontece isso viramos todos família. Meu tio que é tio, mas não é, não foi. Meus pais e eu fomos ao velório, meu irmão não lembro, acho que ele não foi, porque eu só lembro o que é ruim.

Meu dente de leite estava quase frouxo na gengiva, eu amarrei um fio dental bem na raiz e ia puxando nuns trancos suaves, disseram que quando um dente cai podemos fazer um pedido. Fui passeando pelo cemitério bonito. Da parente, que agora devia ser minha também, quando eu levantei a rede branca que cobria o rosto e parecia ser feita de véu de noiva e do fio dental caindo perpendicular da minha boca, senti um cheiro pavoroso. Eu segurava a mão dela por ser tão velha sozinha deitada, o cheiro era de remédio para barata, cobri de novo e soltei a mão muito rápido tomada pelo receio de que a senhora de olho puxado iria tremelicar como fazem as baratas mesmo depois de mortas.

O cemitério cheio de velórios, essas festas de adeus quando já não tem como. A sala próxima era tão mais silenciosa, Fabí, como se a despedida ali fosse toda errada, uma música tocada sem jeito, uma nota antecipada. Eu fui devagar, nuns pés tamanho 28, dando tranco no dente, aproximei do retângulo, a madeira pequena, fechado, aprender é difícil. Que número você calçava quando soube, Fabí?

Nesse dia entendi: crianças também morrem.

Se eu morresse, meu caixão seria maior que o daquela e bem menor que o do meu irmão. Se meu irmão morresse, viria muita gente e meus pais chorariam muito, porque ele é o preferido.

Ia andando entre jazigos, grama baixa e anjo de pedra de asa quebrada. Meu dente escapou enfim sem doer nada

(um pedido)

cavei com o dedo um minúsculo espaço onde enterrei meu dentinho – ali fosse plantada também minha sepultura, podiam enfeitar com uma lápide quartzo rosa e meu nome entalhado, sutil, que um dia até meu pai vai esquecer.

– Vem, amor. Vamos, meu bem!

Ele acordava sempre antes, me colocava no chuveiro e ia falando:

– Vamos, vamos! Está na hora! Vamos!

e me dava dez minutos para o banho, os fios nos dedos a água caindo entre os fios caindo muito negros, meus cabelos entre os dedos / umas pernas de aranha preta / umas pernas finas. Depois, me enrolava numa toalha ao fim do tempo. Eu me vestia numa roupa de escritório ainda adormecida, ele me colocava no carro, eu num sorriso fraco e rendido, ia me enfiando uma colher de alguma comida na boca, me levava até o metrô, dava um beijo solidário e me despachava para o dia de trabalho – muito parecido com meu pai, que me acordava e dizia vem, está na hora da escola, nos dias mais frios me colocava um de seus cachecóis fazendo um laço firme como uma armadura, se eu ficasse doente, ia ter que tomar novalgina, é preciso proteger a garganta e o peito, eu resmungava contra o nó excessivo que ele deve ter aprendido no exército (onde nascerá a beleza se nos criam todos como soldados?) mas gostava daquela permissão / usar a roupa do pai / a caserna / e me punha no carro, sintonizando a rádio CBN antes das sete da manhã (repita). Antes das sete da manhã. A disciplina.

A disciplina.

Numa manhã de quinta-feira o Heitor suspendeu uma das regras. Me concedeu um atraso: ele estava de pé e cueca, as mãos apoiadas na cintura, acho que procurando uma camiseta no guarda-roupa quando eu acordei, acho que foi o cheiro do desodorante, feromônios infalíveis

meus instintos / despertou / os sentidos. A visão mordendo a massa hipnótica dos braços / os montes acentuados me alimentando também do pescoço, meus olhos em transe passeiam pelo perfil de seu rosto, beijam a boca e seguem pelos cursos mais altos / a testa / o contorno quase castanho, a tez rosada encontrando os fios, meus caminhos preferidos, e ele se vira. As pálpebras baixam / as cortinas privativas das horas íntimas / ele me focaliza, é tudo muito rápido, Fabí, o encontro dos olhos (castanhos, azuis) se torna a convergência dos corpos (urgentes, nus), ele avança e me tira da cama com os braços / as colheitadeiras. O suor compartilhado das peles / uma seiva agridoce / vem da emoção primordial escorre pelos troncos de nossas árvores entrelaçadas. O amor que se tem é o amor que se faz.

Ele sabe não termos horas, temos que fazer tudo numa duração que não é nossa, ele sabe, súbito aumenta a chama, uma chama alta e robusta – uma labareda escura. Seu amor é escuro e ostensivo, Fabí, um amor de tapas no rosto, que me quer sempre de joelhos, um amor de tapas no rosto e a me dizer

– Sua putinha.

sob o som do segundo estalo / eu recuo, eu volto ao lençol e me cubro / de lágrimas / por que não podemos ter um momento de acalento / águas calmas? Ele me diz que é uma brincadeira, porque ele quer ir até o fim na brincadeira. Fabí, vamos montar uma tese / uma sociologia das palavras / e mesmo assim ele não aprenderá quais são as erradas. Eu volto para aqueles braços sem expectativa de nada, chorar me deixou com o efeito tranquilizante e sedativo

– Me dá teu rabo!

os joelhos se tornam insensíveis e deslocados, me vira pra me batizar e fica tão comovido, tão inflamado que nem cuida de desviar o jato quente / uma fagulha / no meu olho.

Eu vejo com o olho saudável o olho irritado e vermelho, a secreção, as pálpebras coladas. Os dois de qualquer forma inchados pelo choro. Vou sem maquiagem, descolorida e desbotada. Ele me dá de colher uma comidinha aquecida (eu não quero), leva nas costas a minha mochila, depois vai manejando o volante como quem dirige a minha vida. Um sorriso de buganvília me sorri como eu fosse perfeita. Você já viu a satisfação de um pai glorioso com a obediência de um filho? Boa menina. Tenho um olho colado e ele repete que eu não leve a sério, eu afago sua mão relaxada sobre o câmbio da marcha tentando ensiná-lo a gentileza, Fabí, ele discerne os toques, a doçura e as delicadezas e as toma de mim, como quem colhe flores e arrasa campos. Devastando devastando devastando.

Nem sempre fui, mas agora eu sou uma boa menina, Fabí

(o olho lacrimeja)

eu afago sua mão larga

(não sei se choro)

tenho um homem sorrindo ao meu lado como um arbusto de Nietzsche. Ele me olha como se eu fosse perfeita.

Quando fecho os olhos e penso nele me levando para os lençóis, a sedução de sua violência quente, a avó do Heitor deitada na mesma cama: todos os fantasmas.

O objeto mais obscuro de seu / o tronco duma árvore plantada no meu / corpo, bem plantada como nascesse de dentro, uma mistura, Fabí. Se tivéssemos um filho, ele seria (quase) completamente do Heitor, um pequeno maremoto de bracinhos desgovernados e ríspidos, Andrei balbuciaria as primeiras palavras em seu sermão infantil, eu seria sua mãe e sua vítima. Reprimo o pensamento, é, às vezes penso, Nalva levada ao vaso bonito pelas mãos dum filho e que ele me quer desse tanto; às vezes, eu até confesso num sussurro branco como uma flor germinada na minha cabeça: eu não vou morar dentro de um vaso na sua sala.

A medida do amor é a mãe: ele me quer desse tanto.

Eu sou uma boa menina. Afinal, não me atrasei tanto assim, meu olho melhorou durante o dia. O Heitor vinha me entregar meu carro no escritório, hoje eu dormiria na minha casa, combinamos que ele chegaria às três da tarde. Eu tinha uma reunião às cinco. Não comi para fazer meu horário de almoço com ele, às quatro e trinta ele chegou. Bermuda e chinelo para torná-lo real, mas aqui não é lugar de bermuda e chinelo tampouco de ser real, vamos para outro lugar, ele está excitado como tivesse uma surpresa para mim.

Tão quente, todos os restaurantes fechados, nós ficamos desesperados, entramos em qualquer lugar. Eu, fraca de fome, não aceitei a comidinha que o Heitor tentou me dar na boca mais cedo, nos sentamos, pedi um suco, só tinha suco

— você demorou muito

ele ignora, mostra as alianças onde gravou *sonho diurno* em vez de nossos nomes.

— Esta é a primeira, prateada, na direita; depois usaremos outra, dourada, aqui; e, uma terceira, na esquerda, para sempre.

De olhos abertos sonhamos, o símbolo prateado e circular, aro dezesseis. O infinito em nossos dedos. Eu agradeci, encostei a cabeça em seu ombro, ele esperava uma reação de euforia, mas eu só me sentia mal, o suco não chegava nunca

— Por que você está assim?

eu estava alheia e aérea

— estou com fome

ele ficou um alvoroço, foi para o banheiro, mudou o rosto (louco quieto perigoso), tentou se acalmar

– Eu... não mereço... que você faça *isso*... comigo.

Quando ele falou devagar, ele nunca fala devagar, eu notei o pescoço, cada músculo, a mandíbula, os dentes. O grito se fazendo sussurro / um estrondo contido no tubo. Olhei a aliança utópica na mão que vivia minha vida boba e a dele

(é muito difícil corresponder à expectativa dum sonho)

fui notando o aspecto todo. Vou emagrecendo aos poucos, as curvas vão ficando mais suaves mas nunca perdendo o roliço dos braços / a aparência cheia / uma flor insistente, que nunca seca, a brotar. Por que eu não morri antes e por que eu também não morro agora?

A carne redonda, sou minha própria armadilha, uma armadilha farta, redonda, fraca e magra.

Os sábados.

Aula de manhã, almoço com os amigos do Heitor – ele chamou o garçom para nos fotografar, conferiu a imagem e devolveu ao garçom. Me pediu a correção do sorriso. O grupo vai de uma aula a outra, de manhã à tarde, seguindo o Heitor como se fosse o pastor nos ensinando caminhos. Luís é a ovelha leal, que o segue mais de perto. Fazemos pedidos e ele não quer comer, está constrangido, acho que não tem dinheiro, eu falo ao ouvido do Heitor para pagarmos dessa vez.

– Olha: o copinho de cachaça, ele toma. O Luís é um bêbado.

Fabí, alcoólatra não almoça? Eu não fiz o que eu queria – pôr minha mão na mão do Luís e sussurrar escolhe sua comida –, o Heitor teria certamente me olhado com um sermão pronto para dali um instante, explicações sobre a ética a moral provando que o Luís era um vagabundo, que eu pagando seria uma boba. O Luís tomou sua dose de cachaça, fumou um cigarro e ficou sem comer.

Será que o Luís procura na bebida o mesmo que eu, Fabí? Toda vez que deito a taça como se a dor pudesse caber num gole que, descendo, sumisse dentro de mim.

Aula da tarde, comprar jornal, pegar estrada. Fomos para o interior, primeiro fim de semana das filmagens, os caminhões passando pelos lados, pelas janelas eles podem ver, Fabí, eu inclinada sobre o Heitor, mas não podem sentir: o gosto cru e quente, Humboldt singrando o meu corpo, uma mão no volante e a outra abrindo a carne do barro, passando por sulcos e gretas, levando os dedos ao meu olfato pra me mostrar que sou doce.

Nos acomodamos na pousada, os donos são a mãe e o moço que sofreu acidente, ficou paralítico e com dificuldade para falar, os sons nem parecem ter sentido, ele nos olha como o músico da praça, ele nos olha como o Germano Q., ele transborda inocência e sinceridade! O Heitor fala francês, espanhol, alemão, inglês, italiano, russo e português arcaico – as palavras que eu não conheço – mas não entende quando o moço grunhe sorridente, encantado, e eu traduzo

(não é no idioma que mora o entendimento)

– ele disse que você não desgruda de mim

o Heitor me aperta mais quando eu digo isso, ele gosta assim.

Fomos beber na praça, conhecer a cidade, o rapaz ao violão nos dedicou uma música ao casal ali, somos nós, o Heitor fica grande quando percebem nosso ímã. Voltamos para o quarto / o banho / a cama, eu queria dormir, mas não deixei ele fazer sozinho, eu exijo que seja em mim e não para mim.

– Eu te amo, Heloise! Eu te amo, meu amor! – me segurando os braços com uma das mãos, com a outra ele empurra meu rosto contra o colchão, enrodilhando meus cabelos em suas mãos, separa minhas pernas com seus joelhos, baba, cospe, sinto como se uma câmera passasse lentamente filmando meu corpo / humilhado / exposto, ele não vê a expressão que tem meu rosto. O Heitor faz amor como se me odiasse.

Duas horas depois ele acordou cantando

— Vamos, a filmagem começou!

eu não conseguia me levantar, meu corpo doía eu não conseguia, ele me balançava, Fabí, eu sentei na beira da cama ao seu lado, olhos enfrentando olhos, pus a mão na coxa desejando que ela pesasse tanto quanto meu cansaço.

— as aulas, a viagem, a noite, eu não aguento. Eu preciso dormir; eu não aguento.

(ele é máquina)

— A culpa é do seu trabalho!

eu o assustei com meu levantar brusco, ficou afastado de mim, eu danada na obliquidade duma mariposa, abrindo a garrafa térmica, pegando bolo de fubá, tomando bastante chafé sozinha num canto, nem a dona / a mãe / da pousada ousava me dar bom dia.

Saímos para a cabana do filme, passamos pelos barrancos e chegamos à campina.

— como faz para que filmem teu conto?

— O Hugo me conheceu num curso.

Hugo é o mecenas que pagou a produção do filme, o dono de uma grande indústria, eu já tinha visto o nome anotado na primeira página do livro que ele estava lendo. Tinha sido um presente dele. Bem, mais um.

O produtor pediu silêncio na cabana e eu adormeci. Vinte minutos e acordei em seu peito, ele imóvel pela regra e para não me acordar, seu perfume, seu calor...

— vai ser no carro — eu dizia beijando a orelha,

o Heitor atento aos atores, era a quarta vez que gravavam a mesma cena, a protagonista encarando o herói como se soubessem o que é apetite, é patético o esforço de quem não deseja, o Heitor atento aos atores.

— você é tão gostoso — eu mordia seu braço, ele com a expressão séria, neutra e distante de quando dava aulas enquanto me olhava e queria, dizendo sobre Dostoievski e todos aqueles homens muito brancos que já morreram, a postura certa para o ambiente, ele sério, eu me aninhando mais do que enquanto dormia, ele sério emitindo uma energia que só eu sentiria, me pegou pela mão e me puxou como quando estava bravo, mas dessa vez não havia castigo — só o aviso bruto de quem domina —, fui tirando sua calça arranhando a coxa levantando sua camiseta para descobrir a barriga o peito e os galhos secos / pelos loiros / a mata úmida acabando ao avistar a escarpa do pescoço, a equipe fazendo um filme nós nos encaixando no carro estacionado do lado de fora da cabana para não sermos assistidos, enlouquecer seria tão fácil mas o Heitor não deixa comigo, vai fazendo dum jeito errado, eu cobrindo os seios, o olhar vago

o homem diante da menina
nunca me faz gostar.

Depois dos hominhos de armaduras, antes da banca de jornal, depois da copa de 98, muito antes da Daniela... o fascínio pela lâmina já estava em mim. Foi na época do José Serra, da dengue, isso. Eu prometi comigo, iria morrer no meu aniversário.

Tinha uma faca proibida na casa, cabo gordo, pesada mesmo, enfim, uma bonita de morrer, meu pai amolava esfregando numa pedra lisa. Cortava a carne igual à gilete que eu ainda não conhecia, cortava bife.

Quando eu fiz 10, era terça-feira, pode conferir no calendário, eu não esqueço, Fabí, esse é o problema, eu não esqueço, eu fui até a cozinha, peguei a faca, me escondi na arinha, que é como a gente chama a lavanderia lá em casa e devia chamar de areazinha, a área de serviço. Eu fui até a arinha, fechei a porta, e se alguém me achasse me matando, o coração batendo forte, como é que se faz isso, eu pus a ponta da faca bem aqui, furei só um pouco, até o sangue aparecer, até doer muito. Eu ainda não sabia que não precisava furar tão fundo, que pra isso existem os pulsos.

Dói muito tentar furar a própria barriga quando você fez 10 anos naquele dia. Eu ainda não estava acostumada a ver o sangue descendo, não tive coragem.

Foi a primeira vez que eu não consegui morrer.

Uma semana depois que eu não morri, aviões atacaram torres gêmeas lá nos Estados Unidos, eu vi na tevê, parecia mentira, morrer assim tão fácil, quase 3 mil conseguiram sem querer e eu aqui, tendo que fazer 11 no próximo setembro.

Eu trabalho às segundas-feiras. Voltávamos para que eu pudesse trabalhar segunda-feira, para que ele pudesse pegar a reprise do jogo do fim de semana, na rádio ouvimos o resultado.

– Que jogaço, amor! O Jô, amor, o negócio é o seguinte, eu morava lá em Moscou, o Wagner Love e o Jô jogavam no CSKA, encontrei eles numa balada de latinos e fui falar com ele. Ô, Jô, sou corinthiano! Ele me ignorou, amor!

Sorri sem entusiasmo, ele me perguntou sobre o que eu pensava, eu expliquei, assim como há maternidades para a realização de partos, há de se ter hospitais preparados, com consultas e acompanhamentos, do modo que fazem em caso de mudança de sexo, pra saber se a pessoa tem certeza. No dia marcado poderia ser feito de várias maneiras. A escolha / minha vida / é minha, Heitor. Cada adulto pode escolher o que fazer de sua vida, mas fazer com dignidade, com um médico, depois do veneno, um chocolate, um amigo ao lado e talvez uma última risada. Um beijo. Que bom que fosse o último seu beijo. Retirariam os órgãos ainda vitais, coração ainda pulsante, uma ação de vida antes da partida, tão mais inteligente, tão mais decente do que é feito. Pensei debaixo dessa ideia de morte como quem se aquece numa coberta puída, cheia duma bile negra.

– Você sofre por não poder ser artista como eu.

– não consegui, eu precisava cuidar de mim

– Você largou uma graduação na melhor Universidade do país para ir trabalhar nessa merda de empresa, podia estar fazendo suas ilustrações de botânica, desenvolvendo sua sensibilidade.

— meu pai mal me sustentava, Heitor, ele mentia

— Você devia ter feito diferente.

— ele fingia que nada havia acontecido comigo e meu irmão, eu cobrava / a postura do pai / a proteção

o decurso do carro / da conversa / indo por veredas erradas

— Larga seu emprego — disse Humboldt, o bebedor de quintessências, o comedor de ambrosia

— Larga seu emprego! — dizia-me o filho do médico

— Vende o carro e larga o emprego! — aconselhou o pós-doutor

— quantos meses você acha que um carro paga meu sustento?!

— Me ver realizando o filme não te dá esperança?

— onde você acha que posso ganhar dinheiro com meus desenhos, Heitor? eu sou como seu pai bom, sua mãe; eu não estudei!

— Eles foram vítimas de crime social, impedidos de desenvolver sua cognição, uns coitadinhos, você não é como eles, você escolheu!

Você sabe medir o intervalo entre o relâmpago e o trovão, Fabí? A luz azulada que eu vi na quinta encerra no estrondo do sábado, ele tentou, não conseguiu conter, o que estava preso no tubo de sua garganta agora irradiava todos seus pensamentos.

— Eu me enganei sobre você.

Sem me olhar, Fabí. Tudo nele tentando ser duro, as patas, os cascos e a casca, o engano; a boca cheia de uma saliva corrosiva; eu respondi que não queria / falar com ele / os sermões. Os carros japoneses são conhecidos por serem seguros, Fabí, eu não queria falar, não queria, eu não queria / ele / gritou Porra! e esmurrou o volante numa / impotência amarga / a maré alta. Eu o desprezei, desprezei com todos os meus músculos, os carros japoneses são conhecidos por serem seguros

(depende, Fabí, depende)

eu lembrei meus fios caindo e a cabeça ainda cheia de volume, a vida não acaba quando estamos cansados nem o sono leva o cansaço de ontem; os dias são todos a mesma coisa a tristeza nunca passa; só se faz acumular uma à outra, a de antes à de agora,

– Devolve a aliança – eu o ouvi dizer.

afastou o rosto, eu passei a chorar e dizer não não e ele insistiu, como todas as vezes ele insistia. Eu obedeci. Todas as vezes eu obedecia.

8.

Nas semanas seguintes eu mudei de apartamento, fui promovida, comecei as aulas de piano, mas os dias são todos a mesma coisa, a tristeza nunca passa; só se faz acumular uma à outra, a de antes à de agora, as tristezas empilhadas, uma a uma, como travesseiro / um caldo negro (sempre que eu acordava) grudado em meus cabelos. A desgraça / o caminhar por subsolos / não cicatriza o espírito nem em mil vidas, então eu deixei de dormir outra vez, perco a medida do tempo, sobretudo das noites, que são mais quentes e – certamente – menos sombrias (do que eram em sua companhia), eu fui pro bar, não senti mais medo, eu viajei a trabalho, eu trabalhei além das horas. Beijei o professor de piano, dancei e me cansei, até de manhã; eu me anestesiei com tudo que eu podia.

Planejei ir à praia caminhar. Rumo às águas perfaço um passo lento, outro passo mais difícil, a água cobrindo o corpo, a onda batendo no rosto, a espuma me coroa (na ausência das flores) me cobre / o caixão / desapareço no azul / silêncio / os monstros marinhos não são tão assustadores quando se tem alguma experiência. Aquilo que feriu jamais curará. Eu desapareço no abismo para o qual eu sempre olhei / a densidade / o caldo negro.

Vou batizar um oceano com o nome dele. Dois nomes potentes, nomes que agarram a vida com a mão, uma vida pequena num mar imenso, eu perco o fôlego.

Eu planejei esta morte e algumas outras enquanto não constroem um hospital de adeus com festa para doentes. A sociedade é tão primitiva.

Eu queria conversar com você, Fabí, mas eu sei o que você diria, que alguns homens só sabem amar a mãe e por isso nos pedem que sejamos de amor abnegado, maternais e putas, filhos da puta!

Fui pro bar, enganei o meu vício, atordoei (eu sempre fui de atordoar) o eco da voz que chama Vamos, meu bem! Um eco doce ao ouvido se torna amargo na boca (algo de absinto), eu atordoei um desespero que gritava desde o estômago, não passa a náusea, vou para casa, ao descer do carro assim que o taxista me abriu a porta / do estômago / vomitei. Deve ser muito bom morar na terra dormir no pó ser pedra afinal pedra não sente dor, esse é o meu problema, Fabí, a dor em mim ressoa dum tamanho que não consigo mostrar com as mãos nem usar o idioma para te dizer o quanto, acho que se eu falasse sete línguas igual ao Heitor talvez eu encontrasse em alguma delas uma palavra de sentido aproximado, quem sabe em alemão. Schopenhauer deve ter um termo exato para isso que eu sinto.

Fabí, você já odiou sua mãe? Eu também.

Odiava minha mãe quando ela me fazia beber um líquido amarelado e translúcido horroroso, só de lembrar eu me contorço: era novalgina em gotas – eu tomava uma para cada quilo, sempre trinta e, já que eu vomitava a metade, tinha que tomar sempre duas vezes. Era preciso desenvolver uma técnica para que pudesse ser capaz de engolir, tapar o nariz, tomar o mais rápido possível e em seguida morder um pão ou um chocolate; não importava: em todas as tentativas eu vomitava – aquele amargo batendo na curva da garganta, e um músculo mais abaixo dizia você não chega até aqui. Eu odiava aquilo, a novalgina, tantas foram as vezes até que nunca mais tive febre.

O corpo aprende a se curar sem veneno.

Eu estava aqui há dias, Fabíola, poucos móveis, precisando de toalha, tapete, panela. Saí para ver coisas para a casa, vi uma vitrine com frascos azuis, pensei em levar um perfume para ele, seu aniversário estava chegando, algo me dizia que ele voltaria para minha vida, sim, em meu devaneio estou secando os cabelos, a mão faz-se pente, dedos espalmados pelos fios. Vestida de tão somente um robe muito fino que desvela o seio do coração a todo instante. Desisto de arrumar e lembro-me da porta. Em minhas fantasias de nossa vida, casados desde a primeira noite, ele chega por ali, encontra seio e coração à mostra e, com um olhar de faminto, vem me encontrar, minha mão direita na pia, a esquerda em seu quadril, puxo mais pra perto, mais pra perto, mais perto, beija minha boca sussurrando Te amo.

Quando, desesperadamente, eu tento comparar a eu que havia com a eu que sou, e não me encontro nem no passado, nem no presente, mas numa confusa transição, numa cena que ainda se dá, sinto que estou enlouquecendo; se antes já havia fratura e cisão dividindo-me em duas, agora é pior, pois sou fragmentos em processo de assoreamento. É impossível saber qual forma estou tomando e qual será o meu tamanho. Se já não posso retornar a mim e nunca tive lar (senão, talvez, naqueles braços), como faço para existir de uma forma concreta, como tem toda gente um corpo e uma existência? Não tenho mais seio sem seus olhos sobre mim; não há mulher e não há desejo. Deitada na cama onde ele dormiu ao meu lado, aninhado em meu peito como um (é difícil descrever como), como alguém que se conforta e se tranquiliza; talvez como um filho, sim, deitada na cama eu ainda sinto seu calor tempestuoso, digo ainda como se fosse um pra sempre, eu ainda sinto seu peso sobre o meu colo.

Quando a onda / o movimento quebra / a onda / sedimento vestígio não é só combustão que deixa resíduo, o que fica / a água / também deixa registro. Casamos na primeira noite. Foi logo após minha confissão e sua oração. Eu ainda (todo ainda é um pra sempre) não entendo como ele tirou de mim tantas coisas; sobretudo as feias. Não quero me lembrar, pois vivo todos os nossos encontros a cada momento. Mais um intervalo, a pausa que precede mais um capítulo de nossa liturgia. À distância, não machuca. Só me vejo segura quando ele está na Mongólia nas vastas estepes ou montanhas dormindo numa pequena *guer* quase tão a leste quanto se pode estar. Porque, por mais ternos que fossem meus desejos, ele chega por ali, encontra seio e coração à mostra e, com um olhar de faminto vem me tragar, minha mão direita na pia, a esquerda em seu quadril que me esmaga, empurro um pouco, um pouco, não o suficiente, cospe na minha boca, sussurrando Sua puta.

Diários delírios visitam, Fabí, mas não os deixo morar. Eu caminhava sob o sol acolhedor de um meio-dia e tantas, passos curtos, assistindo à rua e seus moradores. A pequena padaria simples de bairro, o cheiro de pão recém-feito, uma bicicleta com cesta, um garoto bem jovem a levar os pãezinhos. Mais adiante, um cheiro quente se transforma em outro, fresco: um canteiro de plantas sendo cuidadas, a terra remexida. Um portão antigo, pesado, de ferro, aberto. Passei por ele e não pude deixar de sorrir, como visse um velho amigo. O frescor das árvores e o calor pequeno da coisa morna / a tarde / me acompanharam até chegar em casa. Por volta das três eu passava pelo quarteirão novamente, só as chaves no bolso. As horas são minhas neste sábado. Um dia entre duas noites. Algo me chama a atenção, como um momento pode se parecer tanto com um afago?, o verde me embala

(esse pedaço de calçada agora é meu)

quando noto que sou observada. O velho está bem ali, lançado sobre os braços / alicerces / as janelas rústicas lhe fazem moldura / o retrato / numa composição dum tempo antiquíssimo.

— É você quem cuida delas? — eu perguntei.

— Sim, de todas elas. Essa aqui é uma ameixa, daquelas amarelas, não daquelas redondas, não. É uma ameixa amarelinha, assim: — e mostra o tamanho com as mãos.

A janela está a menos de dois metros do chão, eu na calçada, suas mãos vão acima dos meus olhos / as mãos rústicas de quem semeia / a imagem de um santo.

— Eu sei que ameixa é essa! — não lhe contei que,

onde cresci, havia uma ameixeira radiante e um banco / a sala de estar / no qual me sentei pelos anos a conversar com os amigos, um banco de concreto e azulejos / o sofá / com a ameixeira / um imenso candeeiro detrás.

Nós conversávamos como que na soleira.

– Elas demoram um tempo, dá muito trabalho, mas eu cuido mesmo porque eu gosto. eu vim da roça, então pra mim é tudo muito fácil... – ele continua a falar, regando cada planta com seu olhar de pai.

– De que roça você veio?

– Sou gaúcho – agravando o silêncio num movimento de cabeça, parece completar a frase com aquele silêncio desenhando uma porta pela qual eu entro / minha imaginação / como se gaúcho fosse um planalto estendido na sua memória, cheio de matas de galerias e o mesmo cheiro úmido de plantas suculentas e dessa terra calma em que as mãos velhas se plantam, todas as imagens semeadas nessa palavra, ele diz gaúcho como se me fizesse pisar na paisagem verde de uns campos retilíneos, a respiração mais demorada numa natureza ajoelhada ao grande jardineiro, os olhos do pai regando a extensão da campina, amoras sangrando seu mais precioso conselho nas mãos do santo roceiro.

– A amora demora o mesmo tempo – ele insiste – demora o mesmo tempo que as outras: cinco, seis anos. É menos do que a gente demora pra crescer. A amora é aquela pequenininha, roxa – e mostra o tamanho com as mãos.

– Ela costuma dar fruto logo, não é? Novembro, dezembro... Qual o seu nome?

Fiz de um velho um amigo. Há algum tempo eu encontrei outra amoreira no caminho. Amoras precoces, naquele sábado como este, na hora mais jovem do dia, Luís nos ofereceu um banquete do vermelho afetivo de suas (minhas) amoras.

Fiquei revirando os conceitos do tempo desde as coisas arcaicas, desde os fósseis e caveiras e cavernas, qual é o tempo da compreensão? Quantos são os anos que transformam a mentira a verdade numa mesma coisa? Onde esperam os entendimentos? Os campos em que crescem, onde se deitam como raízes, as dúvidas? Voltei para casa cheia duma intuição, todo solo tem seu ciclo, Fabí, foram as ligações, as mensagens.

"Tentei falar com você – liguei à tarde e agora à noite para o teu celular. À tarde, tocou a valer; agora à noite, ele tava desligado. Eu quero muito falar com você, encontrar você. Me arrependo muito do que aconteceu há algumas semanas. Houve, sim, pontos muito importantes que vieram à tona ao longo daquela volta do interior, mas, definitivamente, não precisávamos daquele desenlace. Eu não devia ter feito aquilo. Me perdoe, do fundo do coração, me perdoe.

Eu gosto muito de você, e essa passagem de tempo só foi decantando isso com mais força e profundidade.

Esperarei a tua resposta – espero que você queira me ver, que você me perdoe e que nós possamos aclarar tudo isso olhando um pro outro. Não vou me alongar por aqui, porque eu sinto que tudo isso só vai fazer sentido quando nos encontrarmos. Quero te dizer o quanto pensei sobre uma série de coisas que você me disse – tudo que você me falou reverberou muito fundo em mim.

Que Deus te abençoe. Tô com muita saudade."

Eu estava tão aliviada em viver sem / os sermões / as noites sem fim / mas ele não esperou, as ligações não cessaram por dias. As mensagens deixadas na caixa do meu celular.

Não, eu não sei fazer isso e mesmo que eu soubesse, Fabí, ele disse que está com a cabeça fria, o que você faria? O que você teria feito em meu lugar, Fabíola?

Minha mãe me ligou por volta das sete, ele estava lá na antiga morada à minha procura, não sabendo meu novo endereço, sentado no mesmo banco onde eu me sentei tantas vezes, as ameixas num amarelo imprevisível, ele a conhecer as paisagens do meu passado, debilitado, minha mãe teve pena, descreveu cada olheira, os pés frenéticos para cima e para baixo como apagasse brasas rasteiras, os pés frenéticos / o pedal duplo dum bumbo alucinante / todo fraco em seu aspecto exceto pelos pés.

O passado é a casa dos pais, é o refúgio / onde todos os agoras se tornam chiado. O passado é um útero. Sempre incrédula, me espantei com a imagem de um Heitor visitando um lugar ao qual não pertenço mais, Fabí, ele pedia e pedia e pedia para me ver, Fabí, pedia para saber onde eu estava, que eu atendesse as ligações, minha mãe teve pena, eu assenti.

— Me encontra no restaurante às nove.

Eu não sabia se sim, queria saber o que ele teria a dizer, mas, quando o vi, os braços abriram (um espelho) o corpo (os corpos) um abraço. Eu assenti.

A rua toda enfeitada de luzes, as mesas com pequenas velas e o Heitor perfeito como num quadro, sentamo-nos como empresários, papeladas imaginárias e cláusulas, os termos bem claros dum julgamento, ele estudou Direito por um ano, Fabí, ele estudou todas as coisas.

Eu pedi mexilhões ao vinho branco, que houvesse algum prazer nessa mesa, ele não aceitava comer, seu rosto lívido, precisava do meu perdão,

— Eu ouvi a tua voz. Na campina onde gravavam o filme... Eu te ouvi me chamar!

disse que ele não podia mais agir daquela forma, agressivo e disposto a ir embora,

— Eu nunca mais vou fazer isso, eu prometo, meu amor! Eu lutei, eu tentei, até pela dor, quis te tirar da minha vida, fechei uma viagem de 40 dias com a Lívia... — ele embaralhava as informações, de modo que eu não compreendi a relação entre as duas — escuta: depois dessa viagem, nós nunca mais vamos nos separar, está ouvindo? Nunca mais vamos ficar longe um do outro.

Não.

Eu perguntei onde ele estaria no natal, eu tiraria férias e iria encontrá-lo.

— No Natal, terei saído de Cuba e estarei no México.

— acho que consigo ir um pouco antes do natal e voltar depois do ano novo

— Ouça, meu bem: nós vamos morar juntos. Eu sempre sonhei em encontrar uma pessoa assim, meu amor, você é minha companheira pra vida!

— quando acabar meu contrato

— Nós vamos morar juntos, eu só preciso preparar a Lívia — não temos mais ninguém no mundo, não quero que ela sinta. Você vê? Esses percalços todos, para muito além da aparência de nos terem tensionado e distanciado, acabaram nos aproximando sobremaneira! Nós não vamos sentir mais medo, não, amor. Nós já estamos mergulhando de corpo e alma — é a imagem de uma nau, da nossa nau, rasgando a rebentação, amor. É um presente de Deus, amor. O nosso relacionamento, pra sempre, é um presente de Deus!

Depois, viemos para casa. Eu alegre de mexilhões e vinho branco e framboesas, três pequenas garrafas que meu coração bebeu esperançoso; na porta, o desejo (nunca chegamos ao quarto) me colocou na mesa como um arranjo de flores abertas, a beleza morando em nossos reflexos apaixonados, eu cheia dum sentimento adocicado, tomada por uma certeza rósea declarada na afirmação do corpo.

O estofado preto não sabe cores.

Você percebe, Fabí, Eros apaixona ao lançar uma flecha, o amor começa por rasgar a carne, o amor entra pela ferida, não há nada mais poderoso que esse veneno fincado em meu espírito, essa flecha dilacerando meu peito – ora, você leu Dostoiévski, é claro. Vê como a alma humana é complicada? Ingurgitada em sua correnteza por horas, as horas deitadas no meu tempo esticado / as horas vagarosas duma toada bruta. As horas. O Heitor abre cada pétala / mergulha no centro. O primeiro produto da paixão é o golpe, a primeira prova de amor é a ferida. Ignora quando eu digo chega, o estofado preto não sabe as cores, não denuncia o vermelho, o dorso inerte olha de bruços por sobre o ombro e, depois de jorrar uma vez, me pega pelo cabelo e enfia na minha boca me fazendo receber o que é líquido, meudeus, que nojo, ele vem e me beija para sentir o próprio gosto / porra / quer beber a novalgina na minha boca.

O dia seguinte / o expediente: dores onde deveria haver apenas delícias; vou ao banheiro, faço pausas, o sangue na calcinha, um fluxo fino vindo de trás, sangue no papel ao passar pela frente, as fissuras, os 39 graus confinados na cadeira do escritório, o passo mudo e os olhos permanentemente amarelos. Ao fim do dia de trabalho me sento paciente; a médica pergunta quem me machucou, meus olhos mais baixos do que posso compreender, pomadas e antibióticos para me curar as feridas. Fabí, como eu posso negar o sangue? Eu posso fingir tantas coisas / fingir amor.

Os remédios a me tirar as tensões, eu me lembrando do sabor, a violência é água salgada; uma vez que a bebo a sede aumenta. Pensar nele me faz sentir menos sólida, um tremor gélido (um pavor ardente) originário das áreas mais úmidas; já não tão exausta um simples pensamento me desperta a sede. Os fios de cabelo a se depositarem nas mãos incrédulas; sempre inteira, me despedaçando durante os anos, bonita. A agulha fura a pele e atinge a alma, não passa pela garganta.

A agulha fura a pele e atinge a alma, não passa pela garganta, eu gosto assim, é rápido, eu amoleço sozinha no corredor.

Eu fico cada vez menos sólida.

Enquanto isso, Heitor amorosamente me mandava suas mensagens religiosas, só depois eu respondi.

– Por que não me ligou do hospital? Eu iria te encontrar.

(eu não quis eu não quis eu não quis)

– nem pensei nisso; não quis te preocupar

– Eu vou ficar com você.

– não precisa ...o remédio já está me fazendo dormir

Um suspiro contrariado. Por um milagre ele aceita. Eu desligo. E ligo o som mais poderoso, as paredes reverberam à música do meu próprio espírito, o ar denso do quarto é ensurdecedor. Caixa surdo tom pratos bumbo e chimbal. Fico acordada só para mim, liberto um sorriso. O lençol completamente branco.

9.

Ele chegou de manhã, nós ficamos na cama,

(o lençol completamente branco)

ele corrigindo um livro do Machado de Assis, eu tentando ler alguns daqueles textos da faculdade que eu larguei e me descobrindo cansada; cansaço é a tristeza do corpo; tristeza, o cansaço da alma.

Quis mostrar pro Heitor umas pinturas que vi na internet. Na primeira, um homem desproporcionalmente grande em relação ao mundo-chão segura uma rede por onde vai apanhando uma mulher-nuvem, uma mulher não sólida. Éramos nós. Na outra, uma mulher empurra, sob uma chuva de folhas / um outono a adubar a mãe / e um veleiro / os descobrimentos / com rodas como se fosse um carrinho de levar o filho / seus sonhos / para o mundo. Do centro da tela – onde a mulher está – até o fim o céu é outro: as luzes abrindo as cortinas das nuvens escuras. O Heitor reclama que eu só gosto de obras nas quais me vejo / espelhos / limitam a visão.

Diz que estas não são obras de arte, o canto da boca desapontado / pra baixo,

(dizer as coisas do coração na verdade não é suficiente)

ele tem uma balança onde mede cada declaração.

O professor me pede para procurar um quadro de sua predileção – um cadáver sendo analisado em uma aula de anatomia para estudantes de medicina – antes de me inquirir para onde o médico, o que abre o braço do morto, olha.

– para frente, à minha esquerda

– Para onde o homem ao centro da imagem olha?

– para fora do quadro

– Para quem?

– para mim

Explica que, me incluindo no quadro, ao puxar minha atenção, o pintor criara uma obra polifônica, Rembrandt é um verdadeiro gênio, veja o escorço alterando a proporção, o chiaroscuro empregado aqui, compassivamente me perguntando, em seguida, se agora eu percebo que essa é uma forma muito superior de arte.

Sim, eu digo que sim. Agora eu percebo.

Se alguém nos cortasse aos pedaços, eu jamais seria metade, Fabí, seria uma ponta / uma esquina / a periferia / um banco fora da plateia, mais ou menos... como eu tivesse sido criada a partir da costela.

Nos dias em que acreditei na Humanidade, na Bondade, na História, na Redenção, pensava que nosso amor poderia atingir tudo, eu me sentava à escuta em contemplação pois precisava aprender. E achava – eu realmente cheguei a supor! –, que era a dor do parto que dá luz à vida. Heitor me trazendo luz e dor. Luz e dor. Ele brilha forte, meus olhos contraem fechando, sem que eu possa fazer nada, para me ensinar: debaixo da lâmpada está o lugar mais escuro. Foi o Heitor que me disse isso, Fabí.

Eu amava o professor.

É preciso imaginar Sísifo feliz. Não consigo. Acendia um cigarro e observava arder o borralho e o precipício, ansiava me lançar

ainda

gosto de ficar sentada no muro da minha varanda, que não tem proteção de vidraças como a do Heitor, tem mureta e o céu, na minha cabeça a nomeio de segundo céu porque me dá essa sensação, tento levantar, não consigo sair da cama; ele me segura pela cintura, diz Fica comigo.

Eu fico.

Mas preciso perguntar, eu sempre preciso saber:

– aquele quadro na sua sala... você quer matar seu pai?

Eu pensava no fato de ele não usar o sobrenome do falecido José Miguel de Sousa, como se tivesse matado sua figura simbólica, mas ele se considera filho de mais alguém:

– Eu matei: eu superei Dostoiévski.

Passava os dedos pela fileira de livros nas prateleiras, folheava sempre que ele estava no banho, às vezes, lia o começo; às vezes, abria em qualquer parte, aleatoriamente. Os demônios sempre me puxavam pelos olhos, um livro escrito cem anos antes de Heitor nascer. Os demônios, a sala cheia de fantasmas, o monstro de Goya nos encarando. Eu penso no oceano. O mar virando suas páginas escuras enquanto eu leio um trecho.

Dois homens conversam sobre o que impede as pessoas de cometerem suicídio. Um deles responde que o homem teme a morte porque ama a vida. O outro diz a vida é dor,

(eu e Schopenhauer concordamos, Fabí)

a vida é dor, a vida é medo, o homem é um infeliz.

Você, minha mãe, o Heitor... vocês amam a vida porque amam a dor e o medo.

Ele achava que podia me ajudar com um livro dos espíritos, diz que Kardec foi tão grande pensador quanto Hegel ou Dostoievski, ele me perguntava o que eu havia entendido do texto e eu dizia. E toda vez ele me corrigia e instruía, repetindo exatamente o que eu havia dito, trocando as palavras e, se eu esclarecia, ele dizia que não, que eu havia dito outra coisa, eu ficava desesperada, Fabí, ele nuns modos severos.

"Que dedução se pode tirar do sentimento instintivo, que todos os homens trazem em si, da existência de Deus? A de que Deus existe; pois, donde lhes viria esse sentimento, se não tivesse uma base? É ainda uma consequência do princípio — não há efeito sem causa" ele me fez ler em voz alta.

Nem todos os homens trazem esse sentimento consigo, Fabí, sou exemplo disso, mas eu podia compreender de uma outra maneira, eventualmente consegui a palavra; eu tinha a intuição de que o conheceria, Fabíola, você sabe bem como, na cabeceira fria do meu relacionamento anterior – e antes dela – desenhei um homem precisamente assim, mas eu achava impossível, se eu tivesse fé, eu saberia, a fé e a loucura parecem a mesma coisa quando você nasceu sem alguma delas.

– se eu tivesse fé, eu poderia supor, de onde me viria esse sentimento? Se alguém é capaz de pensar na ideia de Deus, se é concebível o conceito, por que não a existência? Se consigo imaginar uma utopia, se eu o imaginei tantas vezes / a consciência antecipatória / como podia duvidar que um dia te encontraria? meu sonho diurno

O rosto foi assumindo aquela expressão doente abatida todas as cores toda a vida escapando, o alto da testa suado, de repente um velho. O remorso. Ele começou a falar com as criaturas espirituais, Fabí, não sei quais, mas mandou que o deixassem em paz, decretou que ficaríamos juntos, que estava curado nesta vida e pela eternidade, que todas as dificuldades / os maremotos / seriam superados; nós ficaríamos juntos. Não é possível machucar sem se ferir, Fabí.

Ele me beijou magoada, era dele que eu sentia a dor vindo, precisei dele, dolorosamente, precisei dele. Do tamanho de seu furor; do tamanho do meu medo. Minhas pernas como ímãs ao redor de seu quadril, ele me segurando por baixo, me levou à varanda.

– Eu vou fazer um filho em você.

As mãos espalmadas no vidro, eu devia me precaver contra o estilhaçamento daquele vidro / a promessa da felicidade / a utopia. Eu devia me precaver contra o vidro.

(Por que não chegamos ao entendimento ao sermos expulsos do Éden, na primeira noite? Podíamos ter entendido / as aulas do Heitor / Szymborska advertiu: apesar dos encantos, a ilha é deserta.)

10.

Primeiro, combinamos o roteiro da viagem com a Lívia. Depois, Fabí, o Heitor sentado na minha cama, pegou minha mão e a segurou de encontro ao / seu peito / o lugar mais verdadeiro.

– Confie em mim. Eu sei que você tem medo de comprar a passagem e terminarmos. Nós não vamos terminar. Eu não sou seu pai. Pode confiar em mim.

Ele tinha razão, como sempre, eu temia por já conhecer esse amor de iras e vindas. Ele comprou minhas passagens. Eu passaria com ele doze dos quarenta dias. Fabí, você poderia me dar um copo de água? Gelada, por favor, não gosto de água mole; água gelada tem gosto; o gosto do gosto do frio, uma lâmina prateada.

Dois dias depois fomos jantar na cantina aqui perto de casa, a moça traz mais macarrão. Quando ainda nos falávamos, meu pai me dizia que nada no mundo me faria feliz, que eu simplesmente não podia estar satisfeita com nada. O Heitor aponta aos outros casais, sentados de frente um para o outro. Não somos assim. Ele está sempre ao meu lado, a cabeça inclinada pra me ouvir. Ele pergunta onde está seu presente de aniversário

– estávamos separados. depois, fiquei... doente

(concordamos telepaticamente que eu havia ficado doente)

– Então, amanhã, você não vai à aula da manhã:

vai buscar meu presente. E você vai me encontrar para a aula da tarde, de onde iremos, com a Lívia, ao estádio, assistir ao jogo, vamos de táxi para evitar as longas filas dos estacionamentos.

Sua carreira em ascensão, Fabí, publicar livros, escrever para o jornal fazer críticas aulas sermões ser professor de universidade, ele estava tão feliz que só falava de como a vida era boa.

– Você já é parte inerente de tudo o que eu faço: as coisas não se completam se eu não as conto pra você, se eu não imagino o teu sorriso, se eu não as divido com você, você é minha inteireza, amor, meu todo! Linda! Meu amor! Eu faria um filho em você agora mesmo.

E eu imagino: vem, filhinho, vem. O esquerdo no direito, o direito no esquerdo, chinelos atrapalhados, os pés sonolentos, cobertor de bichinho arrastando pelo piso, firmes há pouco tempo – semanas, talvez.

Vai, Andrei. Cabeça pendendo pro lado, olhos fechando, cair sob meu olhar não traz perigo, te carregar nos braços faria de mim nosso amparo.

– Eu vou casar com você – ele repetia com benevolência – e você vai colocar o meu sobrenome no teu nome – como se me concedesse a dádiva,

mas essa era a noite, a noite mais escura, eu toda úmida / uma neblina / a noite no lençol branco da minha cama sem rasgos, ele insistiu ignorando as feridas,

eu o feri, ignorando sua insistência (eu nunca recusei antes), meu sonho diurno (eu me esforçava em acreditar), os 36 anos do Heitor, fazendo uma oração ao meu lado, nosso filho e nossa viagem, Fabí, meus olhos pesavam como um cadáver deve pesar, eu me sentia a flor branca, às vezes alegre, mas raramente feliz. Um cansaço permanente de viver duas vidas, os compromissos e as regras que o sentimento intuitivo nunca teria previsto

– Você não está bem?

(a pergunta que contém a resposta)

– estou exausta

foi só o que eu consegui falar, pareceu-me suficiente, eu não costumava confessar, assim, tão displicentemente

– O que isso quer dizer?! – e estreitou os olhos / as frestas / a discernir o que haveria além

– extrapola pra vida e você vai entender

Fabí, jamais coloque uma buganvília defronte uma pequena flor branca, é ridículo. É ridículo e fere a vista.

— Estar comigo não faz diferença nenhuma? — ele ficou tenso, os olhos apertando como quando eu sentava à distância,

(a aluna)

ele tentou me enxergar, citou autores e aforismos (o professor) numa tentativa de localizar o registro de algo que assemelhasse. O Heitor insistia em querer transformar na rosa vermelha a minha pequena flor frágil, o broto branco e fraco, a insistente flor de Eclesiastes da minha vida como uma corda sobre um abismo, buscando mediar, através dos livros, o sentido de minhas palavras.

— Você pode usar esse sentimento para sua arte. Tem uma escritora... Sylvia Plath. Ela expurgava através de sua escrita essa depressão.

Fabí, eu queria que o Heitor pudesse entender.

— da última vez que visitamos meus pais, você nem se virou para cumprimentar meu irmão

— Eu quero matar seu irmão; você me pede que eu seja bom?

— as coisas mudam, eu não posso viver para sempre odiando, você fala da Bondade e do perdão...

— Você é apaixonada pelo seu irmão?! Você é apaixonada pelo seu irmão!

pensei no banho de Lívia, aquela fresta aberta / os olhos de Heitor / aquelas frestas / a água caindo os olhos singrando outro mundo, ele respira fundo pedindo ao deus a paz tão rara, quando Heitor me fala sobre meu irmão, só me lembro Lívia

eternamente nua molhada e loira

(Nalva)

Heitor demorando num olhar de um tempo estendido, um olhar descabido alongado, vil e muito errado

(a medida do amor é a mãe)

em meu protesto silenciado ele dorme no meu colo, é engraçado, os tamanhos assim, tão encaixados, eu o protejo,

a cabeça dormente no meu peito, pensamentos tão brilhantes e equivocados, os pelos

da sua barriga e coxas / meu cobertor de urso / os braços

já não pesam tanto, minhas mãos cobrindo seu rosto que me surpreende em ser capaz de ser calmo.

Eu o quero / para sempre / de olhos bem fechados.

Heitor acordou, fez a barba clara, eu me senti arrancada, como se ele tirasse dele o que eu gostava, como se o gostar fosse embora. Chamou um táxi e foi dar aula.

Eu pretendia comprar o presente.

Todas as lojas cada objeto as coisas não lhe servem nada combina com sua grandeza suas qualidades raras é difícil lhe agradar nada nessas ruas me incentiva o Heitor é elevado superior. A balança em que ele mede, irascível. Eu vou ficando desesperada, isso é tão importante, sua reação é imprevisível, eu preciso de mais tempo!

Fabí, se eu errar, eu perco.

Se eu errar, eu perco. Se eu errar, eu perco. Se eu errar
eu

ligo e peço para mudar o horário combinado, ouço vozes de festa / o almoço com os alunos / amigos / ele me prefere realizando um capricho do que ao seu lado eu não entendo eu obedeço eu sou uma boa menina. Encontro um antiquário, inspeciono a prataria, as caixas entalhadas como nossas alianças, até notar um prato decorativo com o busto de um filósofo, o vendedor conta que é Hipócrates, o pai da medicina, é esse! O prato com bordas em madeiras, o busto em gesso porcelana, é esse, vou lhe explicar o significado, simbolizando a ocasião de nosso encontro / a cura / que tanto desejamos. Um lembrete que dizia agora e sempre chega de ferida, vamos nos curar completamente / meu presente / a cura.

Cheguei ao teatro de banho tomado, bonita, perfumada, corada e satisfeita. Ele me cumprimenta e dispara por que eu demorei tanto, se eu vi a aula, ele sabe que não, Fabí, eu avisei, ele concordou, estamos no táxi e Lívia tenta ser surda.

– Você já chegava atrasada desde o começo das aulas!

– eu estava procurando seu presente, eu pedi mais tempo

– No meu aniversário?!

– Heitor, você disse que não faria mais isso – eu falava baixo na tentativa de que ele me acompanhasse

– Você me faz agir assim!

– se acalma, vamos conversar depois

– Você não consegue cumprir sua palavra, você é mentirosa!

– pela manhã eu era a mulher da sua vida e agora você me trata assim?

– Você está tentando fazer um sofismo; isso é tão sofisticado, você não é capaz!

Fabí, nunca tinha escutado essa palavra, o que pude entender foram duas palavras destacadas.

sofisticado, um ruído – não é capaz

a mensagem que ficara – não é capaz

tudo nele eram dentes e coisas escuras, a mandíbula estranhamente arreganhada e eu nos vi numa casa, se estivéssemos em Brasília ou na China a sós, o que será que ele faria, mesmo ali motorista e Lívia como guardas nos bancos da frente, os gestos tenebrosos, a voz se ergueu desde um discurso ríspido até as palavras mais agudas e descontroladas

– Você é burra!

a frequência dos excessos, o negrume dos exageros, os incessantes caprichos

as coisas excessivas / o lodo / o objeto insuportável de quase todas as minhas emoções

a devoção exclusiva

– Você é doente!

minha inércia tão convidativa à ira, minha boca religiosamente calada, mas meus gestos insubordinados. A raiva. Meu rosto cerrado / a barreira / a toda sua fúria de um modo que ele nunca tinha visto

(eu seduzi o oceano)

– Você é doente! Você quer se matar!

os olhos vindo a mim como vagalhões / olhos de Saturno / prestes a me engolir / as águas amargas dum vulcão / o oceano do mundo se transformou em fogo azul e, enquanto o mar transmutava em fogo, eu só pensava não, eu não quero morrer. Peço para o motorista estacionar em qualquer / o próximo / acostamento / a Lívia perguntando se eu tenho certeza, ele me arremessa vulgaridades quando eu nego a aliança, vísceras torcem ondulam contorcem crispam e retorcem, Fabí.

Bati a porta do carro e perdi o jogo.

De posse do meu carro outra vez, 180 em direção à serra, uma noite leva isso tudo direto para o lugar do passado onde estão os outros horrores?

Consegui um quarto na primeira pousada que encontrei, de manhã acordarei olhando para tanto verde, esquecerei o microfone espalhando sua voz pelas salas de teatros e museus, as telas cheias de mensagens, fotos e vídeos, eletrônica impertinente.

Muito melhor do que o jogo de futebol, liguei o ar-condicionado só para poder usar as cobertas, tão bom deitar num lugar desconhecido

(lençóis irrevogavelmente brancos)

mas, antes, desliguei o celular e pesquisei na internet da pousada. Sofismo, no dicionário, e Sylvia Plath: depois de expurgar a depressão através da escrita, se matou aos trinta anos de idade.

Voltei no dia seguinte, Lívia veio buscar as coisas do Heitor, os presentes, a mochila, nosso passado recente. Fui dormir me sentindo a Trudi, assistindo a eu de antes através da eu de agora, cruzando minhas imagens, quem sabe eu morresse amanhã, acho que eu rachei (desde a medula) quando a onda se quebrou. No meu aniversário de vinte e seis anos, Heitor me deu a Trudi.

Ame como quem se despede, diga ao destino suas dúvidas, retorne à taça. A ausência já atordoada pelo que é tinto. Saio em busca das janelas familiares e da brisa da madrugada que afaga e enche o peito de uma substância de pássaro. As luzes de Natal enfeitam a cidade como se fosse mágica. Eu odeio essa época do ano porque sempre me lembro de quando perdi minha amiga Dani, ela conseguiu o que as mulheres não conseguem, Fabí, o que eu não consegui. Surge uma vizinha pela abertura da janela que toma toda a parede da sala. Seu cabelo crespo contra a luz me faz sorrir. Seus olhos procuram pela rua, sua cabeça vira para os lados chamando por alguém. Não há resposta. Escolho os números. Meu nome, em seu telefone, também não há resposta.

Nietzsche morreu louco; Schopenhauer, de uma insuficiência cardíaca.

Preciso que Heitor atenda agora, antes que esteja no México, o solo onde nossas pegadas seriam juntas numa areia que viaja pelo tempo / o pescoço / da ampulheta. Nunca mais haverá um lugar para nós; apenas lugares. Eu quero olhar para todas as minhas partes / o mosaico / se me olham, ainda me dizem menina, o domo inconsútil de meus dentes sempre sorrindo, sempre enganando, sempre mentindo e ocultando um estado verdadeiro.

Preciso que ele atenda agora, antes que ele esteja no México com outra mulher.

Quando éramos crianças, nossas mães quando se diziam, explicavam:

– Tenho um casal.

Esse casal original, primeiro par que formamos, às vezes dura um tanto.

– Tenho um casal.

Dura por toda a vida, dessa maneira ou daquela, a partir de agora tudo está durando (Heitor e Lívia) enquanto acabamos. Florença dura, os nômades da Mongólia resistem em cima de suas éguas, Teotihuacán se mantém de pé sem se dobrar como o pescoço / a ampulheta / a garganta / engole nosso tempo. Saturno engolindo seus filhos.

Ele, enfim, atendeu.

Contou que pendurou Hipócrates na parede, perto das máscaras, acima do altar. Me faz morar com cadáveres na sala.

– Você é igual a todas.

E eu me perguntei como será que elas somos?

Desvestida da mulher que ele me havia feito, eu não consegui dizer o que eu liguei para dizer e me lembrei, minha tia era um anjo, nós a visitamos uma ou duas vezes

(morando num lugar cheio de jardins e luz branca)

laços e fitas e lantejoulas espalhadas sobre uma mesa escolar, bancos redondos coloridos para / sentar-se / brincar. A visita é lúdica.

As bordas sextavadas das lantejoulas são de um fascínio que eu ainda não tinha experimentado, eu quero morar aqui, mãe, eu falei. Eu quero morar aqui e ser anjo / igual / minha tia Isabelle.

O Heitor falava falava cada uma de minhas deficiências, os antigos modos sofisticados de velar ofensas em anacolutos e sarcasmos e orações longuíssimas coordenadas sindéticas conclusivas, de repente ele me descrevia uma outra / a distorção (a realidade) me empurrando para além do limiar habitual da dor, eu olhava para seus livros na minha cama (de casal onde eu ainda ocupo um espaço tão pouco) nossas fotos e toda a matéria de vazio como um casaco viscoso / uma camisa de força / protagonizando o quarto, objetos sem importância, tudo o que é inanimado.

Fabí, só há vida naquela voz que me divide em duas.

Eu queria morar naquele lugar / a casa da loucura / eu mostraria todos os buracos e remendos e minhas carnes dilaceradas (por amor), cada pedaço que a vida tira é vida a menos (sempre por amor), eu obrigaria o mundo a enxergar a minha doença (quantas mulheres já morreram por amor?). Saio para minha varanda enquanto ele machuca, fazia tempo que não fazia tanto frio, sentada à beira da mureta do segundo céu com meu corpo incerto — não me importa que eu caia, a cabeça / batendo no concreto / o som de bumbo seco / eu fecho meus olhos e vejo lantejoulas e purpurina espalhadas por uma mesa estéril e a Letícia tendo sua própria tia Isabelle.

Eu penso que meu pai suspeitou também: a filha fosse a repetição da irmã.

Sozinha com a taça, minha Trudi surge, amarga, imprevisível e sem asas. Toco meus braços e não reconheço a pele, o suor frio na superfície / úmida / deslizo os dedos pensando ser piano, tudo em mim dó menor sustenido. Triste. Minha avó era. Ela disse: todo amor é uma onda. Para onde atrai o azul, Fabí? Para o oceano de ondas imensas ou mesmo as águas calmas, para o fim, para o Heitor, para a morte. Tudo que não quero mais.

Ela estou dividida e duplicada, dobrada. Joelhos que dobravam com minha mãe para montar a banca de jornal, joelhos dobrados para Heitor e seu líquido quente / seu fogo azul / as fagulhas no meu olho; minhas lágrimas.

Há quanto tempo eu não desenho? O que mora no gesto? Que imagem fica morando nos dedos quando a linha cessa no papel? Uma buganvília em chamas, eu risco cada ramo, que nasce pela base e sobe como uma fogueira, o vinho tinge a folha, tinge as brácteas, escorre pela minha boca, escorre pela folha como se fosse a alegria, um escândalo. Levanto e levo comigo minha ilustração botânica que Margaret Mee nunca imaginaria poder ser tão agressiva, a aquarela nunca supôs vinho como tinta. Um arbusto de porte e cheio de vida queimando o que quer que exista em volta. Me sirvo de mais vinho porque também me quero alegre.

Coloco a ilustração onde deveria estar uma partitura e me sento no banco. Finalmente tiro a aliança do dedo quatro. Tão logo a tiro, a perco. A buganvília me deixa cheia de raiva, o pedal do piano faz ressoar minhas notas pela sala, a mão esquerda passa por cima da direita e pressiona as teclas da primeira oitava, não sei se sou eu quem toca ou se é minha Trudi furiosa, o som agudo de cristal que vem da mão direita contrasta com o timbre mais pesado, minha tia um dia foi minha pessoa preferida (lantejoulas e purpurina), se eu me olhasse no espelho agora, será que ainda encontraria minha mãe?

Torno-me Trudi, tia Isabelle, o pedal afunda.

Eu fiz uma coisa que eu não vou dizer qual foi. Fui ao volante. O pedal afunda, ela sempre gostou do bumbo duplo / a velocidade / a violência e o que é áspero, o modo como só faço amar as madrugadas e o frio / a respiração desenhada na noite / um vapor humano as marcas o banho, a noite é cheia de cenas que se reprisam na tela do céu, se misturam às palavras, movimento e feitiço, num cinema proibido, eu acelero para ultrapassá-las, fico suspensa no que é brusco, no peso, ela lembro dele tão estático, chamou a atenção pois era o caminhão mais bonito que alguém já viu / uma foto publicitária muito parada no meu espelho direito, em seguida chocando destruindo todas as partes pretas / minha armadura / pele de lata / sendo arrancada. As mãos no volante são bêbadas pequenas e fracas, tudo é lento sob o som desse baque mudo. Dizem que os carros japoneses são os mais seguros, Fabí, o golpe nunca falha. O airbag / o tapa mais bruto / atinge meu rosto / um pedaço duro corta o queixo dela

(as feridas se repetem, Fabí, as feridas inevitavelmente se repetem)

eu sinto menos do que seria natural

(não era esse mesmo o propósito?)

o motorista foge indiferente, minha destruição é corriqueira, a vida é sempre um esmagar e ela não morre nunca. Eu vou partindo muito mais do que a batida do carro supõe. Um carro mais antigo para ao meu lado, o vidro abaixa, o motorista me oferece ajuda, ela digo está tudo bem, quero ir pra casa, a mentira é corriqueira, se um policial vier falar comigo agora, vou presa. Além disso, o que me restou / a carcaça / ainda funciona.

Os carros japoneses são incríveis.

Acordei com a vontade de urinar me esmagando o ventre corri grudei no assento uma enxurrada. Levantei muito tonta muito tonta me apoiando na pia, um banho deve me fazer bem, um banho sempre faz bem, eu me enfiei no chuveiro morno, as mãos espalmadas no vidro segurando no box. O sangue e algo de sólido, eu agachei pra ver aquele pedaço insólito / um bebê / um caroço descendo pelo ralo as águas, sempre as águas, o olho gruda no ralo e assiste escoar água, cada gota que desce pela perna. O destino da matéria é sempre abaixo, as águas mais uma vez vermelhas, a rotina da vida é o sangue, eu pensei sobre meu dia de ontem enquanto o feto me parecia um delírio muito breve, fui repassando a última aula do curso, horas olhando para aquele rosto, dessa vez me sentei ao centro, Lívia bem atrás de mim.

Eu não quero mais morrer. Meu filho não vai se chamar Andrei.

Jessica Cardin é paulistana desde 1991. Influenciada sobretudo pela música, escreve a partir dela. É responsável pela concepção e pelo desenvolvimento de projetos e eventos literários. Organizou a coletânea de contos inspirados em música clássica *Sinfonia dos mil* (editora Tipografia Musical). Faz parte do coletivo de escritores Água na Peneira.

Agradecimentos Meus agradecimentos mais especiais vão às amigas Maíra Azevedo, Andréa Sacher, Fabíola Ortiz, Ana Squilanti e Mari Carrara. E ao Maurício de Almeida.

Edição Bruno Zeni
Revisão Jorge Antonio Ribeiro da Silva
Capa e projeto gráfico Sílvia Nastari

Ilustrações de capa aquarelas de Adriana Bento
Reprodução das imagens Luiz Pereira Pinto

Dados Internacionais de Catalogação na Publicação (CIP)
(Laura Emilia da Silva Siqueira CRB 8-8127)

Cardin, Jessica.
Para onde atrai o azul / Jessica Cardin ; capa, Sílvia Nastari.
1ª ed. – São Paulo: Editora Quelônio: 2022. 184p.; 14 x 21cm.

ISBN 978-65-87790-33-6

1. Ficção: Literatura brasileira 2. Literatura brasileira: romance
I. Cardin, Jessica. II. Nastari, Sílvia

13-20226 CDD 869.93

1. Ficção: Literatura brasileira
2. Literatura brasileira: romance
869.93

Editora Quelônio

Rua Venâncio Aires, 1072
Vila Pompeia
São Paulo - SP
05024-030
www.quelonio.com.br

ISBN: 978-65-87790-33-6
9 786587 790336

Este livro foi composto nas fontes Vectora, de Adrian Frutiger, e Sabon, de Jan Tschichold. O papel da capa é o Cartão LD $250g/m^2$ e o do miolo é o Pólen Bold $90g/m^2$. Impressão: psi7. Tiragem: 700 exemplares. São Paulo, julho de 2022.